Le bateau ivre

ŒUVRES PRINCIPALES

Poésies

Les Illuminations
suivi de *Une saison enfer,* Librio n° 385

Arthur Rimbaud

Le bateau ivre

et autres poèmes

Librio

Texte intégral

LE BATEAU IVRE

Comme je descendais des Fleuves impassibles,
Je ne me sentis plus guidé par les haleurs :
Des Peaux-Rouges criards les avaient pris pour cibles
Les ayant cloués nus aux poteaux de couleurs.

J'étais insoucieux de tous les équipages,
Porteur de blés flamands ou de cotons anglais.
Quand avec mes haleurs ont fini ces tapages
Les Fleuves m'ont laissé descendre où je voulais.

Dans les clapotements furieux des marées,
Moi, l'autre hiver, plus sourd que les cerveaux d'enfants,
Je courus ! Et les Péninsules démarrées
N'ont pas subi tohu-bohus plus triomphants.

La tempête a béni mes éveils maritimes.
Plus léger qu'un bouchon j'ai dansé sur les flots
Qu'on appelle rouleurs éternels de victimes,
Dix nuits, sans regretter l'œil niais des falots !

Plus douce qu'aux enfants la chair des pommes sures,
L'eau verte pénétra ma coque de sapin
Et des taches de vins bleus et des vomissures
Me lava, dispersant gouvernail et grappin.

Et dès lors, je me suis baigné dans le Poème
De la Mer, infusé d'astres, et lactescent,
Dévorant les azurs verts ; où, flottaison blême
Et ravie, un noyé pensif parfois descend ;

Où, teignant tout à coup les bleuités, délires
Et rhythmes lents sous les rutilements du jour,
Plus fortes que l'alcool, plus vastes que nos lyres,
Fermentent les rousseurs amères de l'amour !

Je sais les cieux crevant en éclairs, et les trombes
Et les ressacs et les courants : je sais le soir,
L'Aube exaltée ainsi qu'un peuple de colombes,
Et j'ai vu quelquefois ce que l'homme a cru voir !

J'ai vu le soleil bas, taché d'horreurs mystiques,
Illuminant de longs figements violets,
Pareils à des acteurs de drames très-antiques
Les flots roulant au loin leurs frissons de volets !

J'ai rêvé la nuit verte aux neiges éblouies,
Baiser montant aux yeux des mers avec lenteurs,
La circulation des sèves inouïes
Et l'éveil jaune et bleu des phosphores chanteurs !

J'ai suivi, des mois pleins, pareille aux vacheries
Hystériques, la houle à l'assaut des récifs,
Sans songer que les pieds lumineux des Maries
Pussent forcer le mufle aux Océans poussifs !

J'ai heurté, savez-vous, d'incroyables Florides
Mêlant aux fleurs des yeux de panthères à peaux
D'hommes ! Des arcs-en-ciel tendus comme des brides
Sous l'horizon des mers, à de glauques troupeaux !

J'ai vu fermenter les marais énormes, nasses
Où pourrit dans les joncs tout un Léviathan !
Des écroulements d'eaux au milieu des bonaces,
Et les lointains vers les gouffres cataractant !

Glaciers, soleils d'argent, flots nacreux, cieux de braises !
Échouages hideux au fond des golfes bruns
Où les serpents géants dévorés des punaises
Choient, des arbres tordus, avec de noirs parfums !

J'aurais voulu montrer aux enfants ces dorades
Du flot bleu, ces poissons d'or, ces poissons chantants.
– Des écumes de fleurs ont bercé mes dérades
Et d'ineffables vents m'ont ailé par instants.

Parfois, martyr lassé des pôles et des zones,
La mer dont le sanglot faisait mon roulis doux
Montait vers moi ses fleurs d'ombre aux ventouses jaunes
Et je restais, ainsi qu'une femme à genoux...

Presque île, ballottant sur mes bords les querelles
Et les fientes d'oiseaux clabaudeurs aux yeux blonds.
Et je voguais, lorsqu'à travers mes liens frêles
Des noyés descendaient dormir, à reculons !

Or moi, bateau perdu sous les cheveux des anses,
Jeté par l'ouragan dans l'éther sans oiseau,
Moi dont les Monitors et les voiliers des Hanses
N'auraient pas repêché la carcasse ivre d'eau ;

Libre, fumant, monté de brumes violettes,
Moi qui trouais le ciel rougeoyant comme un mur
Qui porte, confiture exquise aux bons poètes,
Des lichens de soleil et des morves d'azur ;

Qui courais, taché de lunules électriques,
Planche folle, escorté des hippocampes noirs,
Quand les juillets faisaient crouler à coups de triques
Les cieux ultramarins aux ardents entonnoirs ;

Moi qui tremblais, sentant geindre à cinquante lieues
Le rut des Béhémots et les Maelstroms épais,
Fileur éternel des immobilités bleues,
Je regrette l'Europe aux anciens parapets !

J'ai vu des archipels sidéraux ! et des îles
Dont les cieux délirants sont ouverts au vogueur :
– Est-ce en ces nuits sans fond que tu dors et t'exiles,
Million d'oiseaux d'or, ô future Vigueur ? –

Mais, vrai, j'ai trop pleuré ! Les Aubes sont navrantes.
Toute lune est atroce et tout soleil amer :
L'âcre amour m'a gonflé de torpeurs enivrantes.
Ô que ma quille éclate ! Ô que j'aille à la mer !

Si je désire une eau d'Europe, c'est la flache
Noire et froide où vers le crépuscule embaumé
Un enfant accroupi plein de tristesses, lâche
Un bateau frêle comme un papillon de mai.

Je ne puis plus, baigné de vos langueurs, ô lames,
Enlever leur sillage aux porteurs de cotons,
Ni traverser l'orgueil des drapeaux et des flammes,
Ni nager sous les yeux horribles des pontons.

LES ÉTRENNES DES ORPHELINS

I

La chambre est pleine d'ombre ; on entend vaguement
De deux enfants le triste et doux chuchotement.
Leur front se penche, encore alourdi par le rêve,
Sous le long rideau blanc qui tremble et se soulève…
– Au dehors les oiseaux se rapprochent frileux ;
Leur aile s'engourdit sous le ton gris des cieux ;
Et la nouvelle Année, à la suite brumeuse,
Laissant traîner les plis de sa robe neigeuse,
Sourit avec des pleurs, et chante en grelottant...

II

Or les petits enfants, sous le rideau flottant,
Parlent bas comme on fait dans une nuit obscure.
Ils écoutent, pensifs, comme un lointain murmure…
Ils tressaillent souvent à la claire voix d'or
Du timbre matinal, qui frappe et frappe encor
Son refrain métallique en son globe de verre…

– Puis, la chambre est glacée... on voit traîner à terre
Épars autour des lits, des vêtements de deuil :
L'âpre bise d'hiver qui se lamente au seuil
Souffle dans le logis son haleine morose !
On sent, dans tout cela, qu'il manque quelque chose…
– Il n'est donc point de mère à ces petits enfants,
De mère au frais sourire, aux regards triomphants ?
Elle a donc oublié, le soir, seule et penchée,
D'exciter une flamme à la cendre arrachée,
D'amonceler sur eux la laine et l'édredon
Avant de les quitter en leur criant : pardon.
Elle n'a point prévu la froideur matinale,
Ni bien fermé le seuil à la bise hivernale ?...
– Le rêve maternel, c'est le tiède tapis,
C'est le nid cotonneux où les enfants tapis,
Comme de beaux oiseaux que balancent les branches,
Dorment leur doux sommeil plein de visions blanches !...
– Et là, – c'est comme un nid sans plumes, sans chaleur,
Où les petits ont froid, ne dorment pas, ont peur ;
Un nid que doit avoir glacé la bise amère...

III

Votre cœur l'a compris : – ces enfants sont sans mère.
Plus de mère au logis ! – et le père est bien loin !...
– Une vieille servante, alors, en a pris soin.
Les petits sont tout seuls en la maison glacée ;
Orphelins de quatre ans, voilà qu'en leur pensée
S'éveille, par degrés, un souvenir riant...
C'est comme un chapelet qu'on égrène en priant :
– Ah ! quel beau matin, que ce matin des étrennes !
Chacun, pendant la nuit, avait rêvé des siennes
Dans quelque songe étrange où l'on voyait joujoux,
Bonbons habillés d'or, étincelants bijoux,
Tourbillonner, danser une danse sonore,
Puis fuir sous les rideaux, puis reparaître encore !
On s'éveillait matin, on se levait joyeux,
La lèvre affriandée, en se frottant les yeux...

On allait, les cheveux emmêlés sur la tête,
Les yeux tout rayonnants, comme aux grands jours de fête,
Et les petits pieds nus effleurant le plancher,
Aux portes des parents tout doucement toucher...
On entrait !... Puis alors les souhaits... en chemise,
Les baisers répétés, et la gaîté permise.

IV

Ah ! c'était si charmant, ces mots dits tant de fois !
– Mais comme il est changé, le logis d'autrefois :
Un grand feu pétillait, clair, dans la cheminée,
Toute la vieille chambre était illuminée ;
Et les reflets vermeils, sortis du grand foyer,
Sur les meubles vernis aimaient à tournoyer...
– L'armoire était sans clefs !... sans clefs, la grande armoire !
On regardait souvent sa porte brune et noire...
Sans clefs !... c'était étrange !... on rêvait bien des fois
Aux mystères dormant entre ses flancs de bois,
Et l'on croyait ouïr, au fond de la serrure
Béante, un bruit lointain, vague et joyeux murmure...
– La chambre des parents est bien vide, aujourd'hui :
Aucun reflet vermeil sous la porte n'a lui ;
Il n'est point de parents, de foyer, de clefs prises :
Partant, point de baisers, point de douces surprises !
Oh ! que le jour de l'an sera triste pour eux !
– Et, tout pensifs, tandis que de leurs grands yeux bleus
Silencieusement tombe une larme amère,
Ils murmurent : « Quand donc reviendra notre mère ? »
....

V

Maintenant, les petits sommeillent tristement :
Vous diriez, à les voir, qu'ils pleurent en dormant,
Tant leurs yeux sont gonflés et leur souffle pénible !
Les tout petits enfants ont le cœur si sensible !
– Mais l'ange des berceaux vient essuyer leurs yeux,
Et dans ce lourd sommeil met un rêve joyeux,

Un rêve si joyeux, que leur lèvre mi-close,
Souriante, semblait murmurer quelque chose...
– Ils rêvent que, penchés sur leur petit bras rond,
Doux geste du réveil, ils avancent le front,
Et leur vague regard tout autour d'eux se pose...
Ils se croient endormis dans un paradis rose...
Au foyer plein d'éclairs chante gaîment le feu...
Par la fenêtre on voit là-bas un beau ciel bleu ;
La nature s'éveille et de rayons s'enivre...
La terre, demi-nue, heureuse de revivre,
A des frissons de joie aux baisers du soleil...
Et dans le vieux logis tout est tiède et vermeil :
Les sombres vêtements ne jonchent plus la terre,
La bise sous le seuil a fini par se taire...
On dirait qu'une fée a passé dans cela !...
– Les enfants, tout joyeux, ont jeté deux cris... Là,
Près du lit maternel, sous un beau rayon rose,
Là, sur le grand tapis, resplendit quelque chose...
Ce sont des médaillons argentés, noirs et blancs,
De la nacre et du jais aux reflets scintillants ;
Des petits cadres noirs, des couronnes de verre,
Ayant trois mots gravés en or : « À NOTRE MÈRE ! »
....

SENSATION

Par les soirs bleus d'été, j'irai dans les sentiers,
Picoté par les blés, fouler l'herbe menue :
Rêveur, j'en sentirai la fraîcheur à mes pieds.
Je laisserai le vent baigner ma tête nue.

Je ne parlerai pas, je ne penserai rien :
Mais l'amour infini me montera dans l'âme,
Et j'irai loin, bien loin, comme un bohémien,
Par la Nature, – heureux comme avec une femme.

Mars 1870

SOLEIL ET CHAIR

I

Le Soleil, le foyer de tendresse et de vie,
Verse l'amour brûlant à la terre ravie,
Et, quand on est couché sur la vallée, on sent
Que la terre est nubile et déborde de sang ;
Que son immense sein, soulevé par une âme,
Est d'amour comme dieu, de chair comme la femme,
Et qu'il renferme, gros de sève et de rayons,
Le grand fourmillement de tous les embryons !

Et tout croît, et tout monte !

– Ô Vénus, ô Déesse !
Je regrette les temps de l'antique jeunesse,
Des satyres lascifs, des faunes animaux,
Dieux qui mordaient d'amour l'écorce des rameaux
Et dans les nénufars baisaient la Nymphe blonde !
Je regrette les temps où la sève du monde,
L'eau du fleuve, le sang rose des arbres verts
Dans les veines de Pan mettaient un univers !
Où le sol palpitait, vert, sous ses pieds de chèvre ;
Où, baisant mollement le clair syrinx, sa lèvre
Modulait sous le ciel le grand hymne d'amour ;
Où, debout sur la plaine, il entendait autour
Répondre à son appel la Nature vivante ;
Où les arbres muets, berçant l'oiseau qui chante,
La terre berçant l'homme, et tout l'Océan bleu
Et tous les animaux aimaient, aimaient en Dieu !
Je regrette les temps de la grande Cybèle
Qu'on disait parcourir, gigantesquement belle,
Sur un grand char d'airain, les splendides cités ;
Son double sein versait dans les immensités
Le pur ruissellement de la vie infinie.
L'Homme suçait, heureux, sa mamelle bénie,

Comme un petit enfant, jouant sur ses genoux.
– Parce qu'il était fort, l'Homme était chaste et doux.

Misère ! Maintenant il dit : Je sais les choses,
Et va, les yeux fermés et les oreilles closes.
– Et pourtant, plus de dieux ! plus de dieux ! l'Homme
[est Roi,
L'Homme est Dieu ! Mais l'Amour, voilà la grande Foi !
Oh ! si l'homme puisait encore à ta mamelle,
Grande mère des dieux et des hommes, Cybèle ;
S'il n'avait pas laissé l'immortelle Astarté
Qui jadis, émergeant dans l'immense clarté
Des flots bleus, fleur de chair que la vague parfume,
Montra son nombril rose où vint neiger l'écume,
Et fit chanter, Déesse aux grands yeux noirs vainqueurs,
Le rossignol aux bois et l'amour dans les cœurs !

II

Je crois en toi ! je crois en toi ! Divine mère,
Aphrodité marine ! – Oh ! la route est amère
Depuis que l'autre Dieu nous attelle à sa croix ;
Chair, Marbre, Fleur, Vénus, c'est en toi que je crois !
– Oui, l'Homme est triste et laid, triste sous le ciel vaste,
Il a des vêtements, parce qu'il n'est plus chaste,
Parce qu'il a sali son fier buste de dieu,
Et qu'il a rabougri, comme une idole au feu,
Son corps Olympien aux servitudes sales !
Oui, même après la mort, dans les squelettes pâles
Il veut vivre, insultant la première beauté !
– Et l'Idole où tu mis tant de virginité,
Où tu divinisas notre argile, la Femme,
Afin que l'Homme pût éclairer sa pauvre âme
Et monter lentement, dans un immense amour,
De la prison terrestre à la beauté du jour,
La Femme ne sait plus même être Courtisane !
– C'est une bonne farce ! et le monde ricane
Au nom doux et sacré de la grande Vénus !

III

Si les temps revenaient, les temps qui sont venus !
– Car l'Homme a fini ! l'Homme a joué tous les rôles !
Au grand jour, fatigué de briser des idoles
Il ressuscitera, libre de tous ses Dieux,
Et, comme il est du ciel, il scrutera les cieux !
L'Idéal, la pensée invincible, éternelle,
Tout le dieu qui vit, sous son argile charnelle,
Montera, montera, brûlera sous son front !
Et quand tu le verras sonder tout l'horizon,
Contempteur des vieux jougs, libre de toute crainte,
Tu viendras lui donner la Rédemption sainte !
– Splendide, radieuse, au sein des grandes mers
Tu surgiras, jetant sur le vaste Univers
L'Amour infini dans un infini sourire !
Le Monde vibrera comme une immense lyre
Dans le frémissement d'un immense baiser !

– Le Monde a soif d'amour : tu viendras l'apaiser.
. . . .

Ô! L'Homme a relevé sa tête libre et fière !
Et le rayon soudain de la beauté première
Fait palpiter le dieu dans l'autel de la chair !
Heureux du bien présent, pâle du mal souffert,
L'Homme veut tout sonder, – et savoir ! La Pensée,
La cavale longtemps, si longtemps oppressée
S'élance de son front ! Elle saura Pourquoi !...
Qu'elle bondisse libre, et l'Homme aura la Foi !
– Pourquoi l'azur muet et l'espace insondable ?
Pourquoi les astres d'or fourmillant comme un sable ?
Si l'on montait toujours, que verrait-on là-haut ?
Un Pasteur mène-t-il cet immense troupeau
De mondes cheminant dans l'horreur de l'espace ?
Et tous ces mondes-là, que l'éther vaste embrasse,
Vibrent-ils aux accents d'une éternelle voix ?
– Et l'Homme, peut-il voir ? peut-il dire : Je crois ?
La voix de la pensée est-elle plus qu'un rêve ?
Si l'homme naît si tôt, si la vie est si brève,
D'où vient-il ? Sombre-t-il dans l'Océan profond

Des Germes, des Fœtus, des Embryons, au fond
De l'immense Creuset d'où la Mère-Nature
Le ressuscitera, vivante créature,
Pour aimer dans la rose, et croître dans les blés ?...
Nous ne pouvons savoir ! – Nous sommes accablés
D'un manteau d'ignorance et d'étroites chimères !
Singes d'hommes tombés de la vulve des mères,
Notre pâle raison nous cache l'infini !
Nous voulons regarder : – le Doute nous punit !
Le doute, morne oiseau, nous frappe de son aile...
– Et l'horizon s'enfuit d'une fuite éternelle !...
. . . .

Le grand ciel est ouvert ! les mystères sont morts
Devant l'Homme, debout, qui croise ses bras forts
Dans l'immense splendeur de la riche nature !
Il chante... et le bois chante, et le fleuve murmure
Un chant plein de bonheur qui monte vers le jour !...
– C'est la Rédemption ! c'est l'amour ! c'est l'amour !...
. . . .

IV

Ô splendeur de la chair ! ô splendeur idéale !
Ô renouveau d'amour, aurore triomphale
Où, courbant à leurs pieds les Dieux et les Héros,
Kallipige la blanche et le petit Éros
Effleureront, couverts de la neige des roses,
Les femmes et les fleurs sous leurs beaux pieds écloses !
Ô grande Ariadné, qui jettes tes sanglots
Sur la rive, en voyant fuir là-bas sur les flots,
Blanche sous le soleil, la voile de Thésée,
Ô douce vierge enfant qu'une nuit a brisée,
Tais-toi ! Sur son char d'or brodé de noirs raisins,
Lysios, promené dans les champs Phrygiens
Par les tigres lascifs et les panthères rousses,
Le long des fleuves bleus rougit les sombres mousses.
Zeus, Taureau, sur son cou berce comme une enfant
Le corps nu d'Europé, qui jette son bras blanc
Au cou nerveux du Dieu frissonnant dans la vague,

Il tourne lentement vers elle son œil vague ;
Elle, laisse traîner sa pâle joue en fleur
Au front de Zeus ; ses yeux sont fermés ; elle meurt
Dans un divin baiser, et le flot qui murmure
De son écume d'or fleurit sa chevelure.
– Entre le laurier-rose et le lotus jaseur
Glisse amoureusement le grand Cygne rêveur
Embrassant la Léda des blancheurs de son aile ;
– Et tandis que Cypris passe, étrangement belle,
Et, cambrant les rondeurs splendides de ses reins,
Étale fièrement l'or de ses larges seins
Et son ventre neigeux brodé de mousse noire,
– Héraclès, le Dompteur, qui, comme d'une gloire,
Fort, ceint son vaste corps de la peau du lion,
S'avance, front terrible et doux, à l'horizon !

Par la lune d'été vaguement éclairée,
Debout, nue, et rêvant dans sa pâleur dorée
Que tache le flot lourd de ses longs cheveux bleus,
Dans la clairière sombre où la mousse s'étoile,
La Dryade regarde au ciel silencieux...
– La blanche Séléné laisse flotter son voile,
Craintive, sur les pieds du bel Endymion,
Et lui jette un baiser dans un pâle rayon...
– La Source pleure au loin dans une longue extase...
C'est la Nymphe qui rêve, un coude sur son vase,
Au beau jeune homme blanc que son onde a pressé.
– Une brise d'amour dans la nuit a passé,
Et, dans les bois sacrés, dans l'horreur des grands arbres,
Majestueusement debout, les sombres Marbres,
Les Dieux, au front desquels le Bouvreuil fait son nid,
– Les Dieux écoutent l'Homme et le Monde infini !

Mai [18] 70

OPHÉLIE

I

Sur l'onde calme et noire où dorment les étoiles
La blanche Ophélia flotte comme un grand lys,
Flotte très lentement, couchée en ses longs voiles...
– On entend dans les bois lointains des hallalis.

Voici plus de mille ans que la triste Ophélie
Passe, fantôme blanc, sur le long fleuve noir ;
Voici plus de mille ans que sa douce folie
Murmure sa romance à la brise du soir.

Le vent baise ses seins et déploie en corolle
Ses grands voiles bercés mollement par les eaux ;
Les saules frissonnants pleurent sur son épaule,
Sur son grand front rêveur s'inclinent les roseaux.

Les nénuphars froissés soupirent autour d'elle ;
Elle éveille parfois, dans un aune qui dort,
Quelque nid, d'où s'échappe un petit frisson d'aile :
– Un chant mystérieux tombe des astres d'or.

II

Ô pâle Ophélia ! belle comme la neige !
Oui tu mourus, enfant, par un fleuve emporté !
– C'est que les vents tombant des grands monts de Norwège
T'avaient parlé tout bas de l'âpre liberté ;

C'est qu'un souffle, tordant ta grande chevelure,
À ton esprit rêveur portait d'étranges bruits ;
Que ton cœur écoutait le chant de la Nature
Dans les plaintes de l'arbre et les soupirs des nuits ;

C'est que la voix des mers folles, immense râle,
Brisait ton sein d'enfant, trop humain et trop doux ;
C'est qu'un matin d'avril, un beau cavalier pâle,
Un pauvre fou, s'assit muet à tes genoux !

Ciel ! Amour ! Liberté ! Quel rêve, ô pauvre Folle !
Tu te fondais à lui comme une neige au feu :
Tes grandes visions étranglaient ta parole
– Et l'Infini terrible effara ton œil bleu !

III

– Et le Poète dit qu'aux rayons des étoiles
Tu viens chercher, la nuit, les fleurs que tu cueillis,
Et qu'il a vu sur l'eau, couchée en ses longs voiles,
La blanche Ophélia flotter, comme un grand lys.

BAL DES PENDUS

Au gibet noir, manchot aimable,
Dansent, dansent les paladins,
Les maigres paladins du diable,
Les squelettes de Saladins.

Messire Belzébuth tire par la cravate
Ses petits pantins noirs grimaçant sur le ciel,
Et, leur claquant au front un revers de savate,
Les fait danser, danser aux sons d'un vieux Noël !

Et les pantins choqués enlacent leurs bras grêles :
Comme des orgues noirs, les poitrines à jour
Que serraient autrefois les gentes damoiselles,
Se heurtent longuement dans un hideux amour.

Hurrah ! Les gais danseurs, qui n'avez plus de panse !
On peut cabrioler, les tréteaux sont si longs !
Hop ! qu'on ne sache plus si c'est bataille ou danse !
Belzébuth enragé racle ses violons !

Ô durs talons, jamais on n'use sa sandale !
Presque tous ont quitté la chemise de peau :
Le reste est peu gênant et se voit sans scandale.
Sur les crânes, la neige applique un blanc chapeau :

Le corbeau fait panache à ces têtes fêlées,
Un morceau de chair tremble à leur maigre menton :
On dirait, tournoyant dans les sombres mêlées,
Des preux, raides, heurtant armures de carton.

Hurrah ! La bise siffle au grand bal des squelettes !
Le gibet noir mugit comme un orgue de fer !
Les loups vont répondant des forêts violettes :
À l'horizon, le ciel est d'un rouge d'enfer...

Holà, secouez-moi ces capitans funèbres
Qui défilent, sournois, de leurs gros doigts cassés
Un chapelet d'amour sur leurs pâles vertèbres :
Ce n'est pas un moustier ici, les trépassés !

Oh ! voilà qu'au milieu de la danse macabre
Bondit dans le ciel rouge un grand squelette fou
Emporté par l'élan, comme un cheval se cabre :
Et, se sentant encor la corde raide au cou,

Crispe ses petits doigts sur son fémur qui craque
Avec des cris pareils à des ricanements,
Et, comme un baladin rentre dans la baraque,
Rebondit dans le bal au chant des ossements.

Au gibet noir, manchot aimable,
Dansent, dansent les paladins,
Les maigres paladins du diable,
Les squelettes de Saladins.

LE CHÂTIMENT DE TARTUFE

Tisonnant, tisonnant son cœur amoureux sous
Sa chaste robe noire, heureux, la main gantée,
Un jour qu'il s'en allait, effroyablement doux,
Jaune, bavant la foi de sa bouche édentée,
Un jour qu'il s'en allait, « Oremus, » – un Méchant
Le prit rudement par son oreille benoîte

Et lui jeta des mots affreux, en arrachant
Sa chaste robe noire autour de sa peau moite !

Châtiment !... Ses habits étaient déboutonnés,
Et le long chapelet des péchés pardonnés
S'égrenant dans son cœur, Saint Tartufe était pâle !...
Donc, il se confessait, priait, avec un râle !
L'homme se contenta d'emporter ses rabats...
– Peuh ! Tartufe était nu du haut jusques en bas !

LE FORGERON

Palais des Tuileries, vers le 10 août [17] 92

Le bras sur un marteau gigantesque, effrayant
D'ivresse et de grandeur, le front vaste, riant
Comme un clairon d'airain, avec toute sa bouche,
Et prenant ce gros-là dans son regard farouche,
Le Forgeron parlait à Louis Seize, un jour
Que le Peuple était là, se tordant tout autour,
Et sur les lambris d'or traînant sa veste sale.
Or le bon roi, debout sur son ventre, était pâle,
Pâle comme un vaincu qu'on prend pour le gibet,
Et, soumis comme un chien, jamais ne regimbait,
Car ce maraud de forge aux énormes épaules
Lui disait de vieux mots et des choses si drôles,
Que cela l'empoignait au front, comme cela !
« Or, tu sais bien, Monsieur, nous chantions tra la la
Et nous piquions les bœufs vers les sillons des autres :
Le Chanoine au soleil filait des patenôtres
Sur des chapelets clairs grenés de pièces d'or.
Le Seigneur, à cheval, passait, sonnant du cor,
Et l'un avec la hart, l'autre avec la cravache
Nous fouaillaient. – Hébétés comme des yeux de vache,
Nos yeux ne pleuraient plus ; nous allions, nous allions,
Et quand nous avions mis le pays en sillons,
Quand nous avions laissé dans cette terre noire
Un peu de notre chair... nous avions un pourboire :

On nous faisait flamber nos taudis dans la nuit ;
Nos petits y faisaient un gâteau fort bien cuit.
… « Oh ! je ne me plains pas. Je te dis mes bêtises,
C'est entre nous. J'admets que tu me contredises.
Or, n'est-ce pas joyeux de voir, au mois de juin
Dans les granges entrer des voitures de foin
Énormes ? De sentir l'odeur de ce qui pousse,
Des vergers quand il pleut un peu, de l'herbe rousse ?
De voir des blés, des blés, des épis pleins de grain,
De penser que cela prépare bien du pain ?…
Oh ! plus fort, on irait, au fourneau qui s'allume,
Chanter joyeusement en martelant l'enclume,
Si l'on était certain de pouvoir prendre un peu,
Étant homme, à la fin ! de ce que donne Dieu !
– Mais voilà, c'est toujours la même vieille histoire !

« Mais je sais, maintenant ! Moi, je ne peux plus croire,
Quand j'ai deux bonnes mains, mon front et mon marteau,
Qu'un homme vienne là, dague sur le manteau,
Et me dise : Mon gars, ensemence ma terre ;
Que l'on arrive encor, quand ce serait la guerre,
Me prendre mon garçon comme cela, chez moi !
– Moi, je serais un homme, et toi, tu serais roi,
Tu me dirais : Je veux !… – Tu vois bien, c'est stupide.
Tu crois que j'aime voir ta baraque splendide,
Tes officiers dorés, tes mille chenapans,
Tes palsembleu bâtards tournant comme des paons :
Ils ont rempli ton nid de l'odeur de nos filles
Et de petits billets pour nous mettre aux Bastilles,
Et nous dirons : C'est bien : les pauvres à genoux !
Nous dorerons ton Louvre en donnant nos gros sous !
Et tu te soûleras, tu feras belle fête.
– Et ces Messieurs riront, les reins sur notre tête !

« Non. Ces saletés-là datent de nos papas !
Oh ! Le Peuple n'est plus une putain. Trois pas
Et, tous, nous avons mis ta Bastille en poussière.
Cette bête suait du sang à chaque pierre
Et c'était dégoûtant, la Bastille debout
Avec ses murs lépreux qui nous racontaient tout
Et, toujours, nous tenaient enfermés dans leur ombre !

– Citoyen ! citoyen ! c'était le passé sombre
Qui croulait, qui râlait, quand nous prîmes la tour !
Nous avions quelque chose au cœur comme l'amour.
Nous avions embrassé nos fils sur nos poitrines.
Et, comme des chevaux, en soufflant des narines
Nous allions, fiers et forts, et ça nous battait là...
Nous marchions au soleil, front haut, – comme cela, –
Dans Paris ! On venait devant nos vestes sales.
Enfin ! Nous nous sentions Hommes ! Nous étions pâles,
Sire, nous étions soûls de terribles espoirs :
Et quand nous fûmes là, devant les donjons noirs,
Agitant nos clairons et nos feuilles de chêne,
Les piques à la main ; nous n'eûmes pas de haine,
– Nous nous sentions si forts, nous voulions être doux !
....
....

« Et depuis ce jour-là, nous sommes comme fous !
Le tas des ouvriers a monté dans la rue,
Et ces maudits s'en vont, foule toujours accrue
De sombres revenants, aux portes des richards.
Moi, je cours avec eux assommer les mouchards :
Et je vais dans Paris, noir, marteau sur l'épaule,
Farouche, à chaque coin balayant quelque drôle,
Et, si tu me riais au nez, je te tuerais !
– Puis, tu peux y compter, tu te feras des frais
Avec tes hommes noirs, qui prennent nos requêtes
Pour se les renvoyer comme sur des raquettes
Et, tout bas, les malins ! se disent : « Qu'ils sont sots ! »
Pour mitonner des lois, coller de petits pots
Pleins de jolis décrets roses et de droguailles,
S'amuser à couper proprement quelques tailles,
Puis se boucher le nez quand nous marchons près d'eux,
– Nos doux représentants qui nous trouvent crasseux ! –
Pour ne rien redouter, rien, que les baïonnettes...,
C'est très bien. Foin de leur tabatière à sornettes !
Nous en avons assez, là, de ces cerveaux plats
Et de ces ventres-dieux. Ah ! ce sont là les plats
Que tu nous sers, bourgeois, quand nous sommes féroces,
Quand nous brisons déjà les sceptres et les crosses !... »
....

Il le prend par le bras, arrache le velours
Des rideaux, et lui montre en bas les larges cours
Où fourmille, où fourmille, où se lève la foule,
La foule épouvantable avec des bruits de houle,
Hurlant comme une chienne, hurlant comme une mer,
Avec ses bâtons forts et ses piques de fer,
Ses tambours, ses grands cris de halles et de bouges,
Tas sombre de haillons saignant de bonnets rouges :
L'Homme, par la fenêtre ouverte, montre tout
Au roi pâle et suant qui chancelle debout,
Malade à regarder cela !
« C'est la Crapule,
Sire. Ça bave aux murs, ça monte, ça pullule :
– Puisqu'ils ne mangent pas, Sire, ce sont des gueux !
Je suis un forgeron : ma femme est avec eux,
Folle ! Elle croit trouver du pain aux Tuileries !
– On ne veut pas de nous dans les boulangeries.
J'ai trois petits. Je suis crapule. – Je connais
Des vieilles qui s'en vont pleurant sous leurs bonnets
Parce qu'on leur a pris leur garçon ou leur fille :
C'est la crapule. – Un homme était à la Bastille,
Un autre était forçat : et tous deux, citoyens
Honnêtes. Libérés, ils sont comme des chiens :
On les insulte ! Alors, ils ont là quelque chose
Qui leur fait mal, allez ! C'est terrible, et c'est cause
Que se sentant brisés, que, se sentant damnés,
Ils sont là, maintenant, hurlant sous votre nez !
Crapule. – Là-dedans sont des filles, infâmes
Parce que, – vous saviez que c'est faible, les femmes, –
Messeigneurs de la cour, – que ça veut toujours bien, –
Vous [leur] avez craché sur l'âme, comme rien !
Vos belles, aujourd'hui, sont là. C'est la crapule.
....

« Oh ! tous les Malheureux, tous ceux dont le dos brûle
Sous le soleil féroce, et qui vont, et qui vont,
Qui dans ce travail-là sentent crever leur front...
Chapeau bas, mes bourgeois ! Oh ! ceux-là, sont les
[Hommes !
Nous sommes Ouvriers, Sire ! Ouvriers ! Nous sommes
Pour les grands temps nouveaux où l'on voudra savoir,
Où l'Homme forgera du matin jusqu'au soir,

Chasseur des grands effets, chasseur des grandes causes,
Où, lentement vainqueur, il domptera les choses
Et montera sur Tout, comme sur un cheval !
Oh ! splendides lueurs des forges ! Plus de mal,
Plus ! – Ce qu'on ne sait pas, c'est peut-être terrible :
Nous saurons ! – Nos marteaux en main, passons au crible
Tout ce que nous savons : puis, Frères, en avant !
Nous faisons quelquefois ce grand rêve émouvant
De vivre simplement, ardemment, sans rien dire
De mauvais, travaillant sous l'auguste sourire
D'une femme qu'on aime avec un noble amour :
Et l'on travaillerait fièrement tout le jour,
Écoutant le devoir comme un clairon qui sonne :
Et l'on se sentirait très heureux ; et personne,
Oh ! personne, surtout, ne vous ferait ployer !
On aurait un fusil au-dessus du foyer...
....

« Oh ! mais l'air est tout plein d'une odeur de bataille !
Que te disais-je donc ? Je suis de la canaille !
Il reste des mouchards et des accapareurs.
Nous sommes libres, nous ! Nous avons des terreurs
Où nous nous sentons grands, oh ! si grands ! Tout à
[l'heure
Je parlais de devoir calme, d'une demeure...
Regarde donc le ciel ! – C'est trop petit pour nous,
Nous crèverions de chaud, nous serions à genoux !
Regarde donc le ciel ! – Je rentre dans la foule,
Dans la grande canaille effroyable, qui roule,
Sire, tes vieux canons sur les sales pavés :
– Oh ! quand nous serons morts, nous les aurons lavés
– Et si, devant nos cris, devant notre vengeance,
Les pattes des vieux rois mordorés, sur la France
Poussent leurs régiments en habits de gala,
Eh bien, n'est-ce pas, vous tous ? – Merde à ces chiens-là ! »
....

– Il reprit son marteau sur l'épaule.
La foule
Près de cet homme-là se sentait l'âme soûle,
Et, dans la grande cour, dans les appartements,
Où Paris haletait avec des hurlements,

Un frisson secoua l'immense populace.
Alors, de sa main large et superbe de crasse,
Bien que le roi ventru suât, le Forgeron,
Terrible, lui jeta le bonnet rouge au front !

À LA MUSIQUE

Place de la gare, à Charleville

Sur la place taillée en mesquines pelouses,
Square où tout est correct, les arbres et les fleurs,
Tous les bourgeois poussifs qu'étranglent les chaleurs
Portent, les jeudis soir, leurs bêtises jalouses.

– L'orchestre militaire, au milieu du jardin,
Balance ses schakos dans la *Valse des fifres*:
– Autour, aux premiers rangs, parade le gandin ;
Le notaire pend à ses breloques à chiffres :

Des rentiers à lorgnons soulignent tous les couacs :
Les gros bureaux bouffis traînent leurs grosses dames
Auprès desquelles vont, officieux cornacs,
Celles dont les volants ont des airs de réclames ;

Sur les bancs verts, des clubs d'épiciers retraités
Qui tisonnent le sable avec leur canne à pomme,
Fort sérieusement discutent les traités,
Puis prisent en argent, et reprennent : « En somme !... »

Épatant sur son banc les rondeurs de ses reins,
Un bourgeois à boutons clairs, bedaine flamande,
Savoure son onnaing d'où le tabac par brins
Déborde – vous savez, c'est de la contrebande ; –

Le long des gazons verts ricanent les voyous ;
Et, rendus amoureux par le chant des trombones,
Très naïfs, et fumant des roses, les pioupious
Caressent les bébés pour enjôler les bonnes...

– Moi, je suis, débraillé comme un étudiant
Sous les marronniers verts les alertes fillettes :
Elles le savent bien, et tournent en riant,
Vers moi, leurs yeux tout pleins de choses indiscrètes.

Je ne dis pas un mot : je regarde toujours
La chair de leurs cous blancs brodés de mèches folles :
Je suis, sous le corsage et les frêles atours,
Le dos divin après la courbe des épaules.

J'ai bientôt déniché la bottine, le bas...
– Je reconstruis les corps, brûlé de belles fièvres.
Elles me trouvent drôle et se parlent tout bas...
– Et je sens les baisers qui me viennent aux lèvres...

☆

« Français de soixante-dix, bonapartistes, républicains, souvenez-vous de vos pères en 92, etc. »

....

Paul de Cassagnac, *Le Pays*

Morts de Quatre-vingt-douze et de Quatre-vingt-treize,
Qui, pâles du baiser fort de la liberté,
Calmes, sous vos sabots, brisiez le joug qui pèse
Sur l'âme et sur le front de toute humanité ;

Homme extasiés et grands dans la tourmente,
Vous dont les cœurs sautaient d'amour sous les haillons,
Ô Soldats que la Mort a semés, noble Amante,
Pour les régénérer, dans tous les vieux sillons ;

Vous dont le sang lavait toute grandeur salie,
Morts de Valmy, Morts de Fleurus, Morts d'Italie,
Ô million de Christs aux yeux sombres et doux ;

Nous vous laissions dormir avec la République,
Nous, courbés sous les rois comme sous une trique :
– Messieurs de Cassagnac nous reparlent de vous !

Fait à Mazas, 3 septembre 1870

VÉNUS ANADYOMÈNE

Comme d'un cercueil vert en fer blanc, une tête
De femme à cheveux bruns fortement pommadés
D'une vieille baignoire émerge, lente et bête,
Avec des déficits assez mal ravaudés ;

Puis le col gras et gris, les larges omoplates
Qui saillent ; le dos court qui rentre et qui ressort ;
Puis les rondeurs des reins semblent prendre l'essor ;
La graisse sous la peau paraît en feuilles plates ;

L'échine est un peu rouge, et le tout sent un goût
Horrible étrangement ; on remarque surtout
Des singularités qu'il faut voir à la loupe...

Les reins portent deux mots gravés : CLARA VENUS ;
– Et tout ce corps remue et tend sa large croupe
Belle hideusement d'un ulcère à l'anus.

PREMIÈRE SOIRÉE

– Elle était fort déshabillée
Et de grands arbres indiscrets
Aux vitres jetaient leur feuillée
Malinement, tout près, tout près.

Assise sur ma grande chaise,
Mi-nue, elle joignait les mains.
Sur le plancher frissonnaient d'aise
Ses petits pieds si fins, si fins.

– Je regardai, couleur de cire,
Un petit rayon buissonnier
Papillonner dans son sourire
Et sur son sein, – mouche au rosier.

– Je baisai ses fines chevilles.
Elle eut un doux rire brutal
Qui s'égrenait en claires trilles,
Un joli rire de cristal.

Les petits pieds sous la chemise
Se sauvèrent : « Veux-tu finir ! »
– La première audace permise,
Le rire feignait de punir !

– Pauvrets palpitants sous ma lèvre,
Je baisai doucement ses yeux :
– Elle jeta sa tête mièvre
En arrière : « Oh ! c'est encor mieux !...

Monsieur, j'ai deux mots à te dire... »
– Je lui jetai le reste au sein
Dans un baiser, qui la fit rire
D'un bon rire qui voulait bien...

– Elle était fort déshabillée
Et de grands arbres indiscrets
Aux vitres jetaient leur feuillée
Malinement, tout près, tout près.

LES REPARTIES DE NINA

LUI. – Ta poitrine sur ma poitrine,
Hein ? nous irions,
Ayant de l'air plein la narine,
Aux frais rayons

Du bon matin bleu, qui vous baigne
Du vin de jour ?...
Quand tout le bois frissonnant saigne
Muet d'amour

De chaque branche, gouttes vertes,
Des bourgeons clairs,
On sent dans les choses ouvertes
Frémir des chairs :

Tu plongerais dans la luzerne
Ton blanc peignoir,
Rosant à l'air ce bleu qui cerne
Ton grand œil noir,

Amoureuse de la campagne,
Semant partout,
Comme une mousse de champagne,
Ton rire fou :

Riant à moi, brutal d'ivresse,
Qui te prendrais.
Comme cela, – la belle tresse,
Oh ! – qui boirais

Ton goût de framboise et de fraise,
Ô chair de fleur !
Riant au vent vif qui te baise
Comme un voleur,

Au rose églantier qui t'embête
Aimablement :
Riant surtout, ô folle tête,
À ton amant !...

....

– Ta poitrine sur ma poitrine,
Mêlant nos voix,
Lents, nous gagnerions la ravine,
Puis les grands bois !...

Puis, comme une petite morte,
Le cœur pâmé,
Tu me dirais que je te porte,
L'œil mi-fermé...

Je te porterais, palpitante,
Dans le sentier :
L'oiseau filerait son andante :
Au Noisetier...

Je te parlerais dans ta bouche :
J'irais, pressant
Ton corps, comme une enfant qu'on couche,
Ivre du sang

Qui coule, bleu, sous ta peau blanche
Aux tons rosés :
Et te parlant la langue franche...
Tiens !... – que tu sais...

Nos grands bois sentiraient la sève
Et le soleil
Sablerait d'or fin leur grand rêve
Vert et vermeil.

....

Le soir ?... Nous reprendrons la route
Blanche qui court
Flânant, comme un troupeau qui broute,
Tout à l'entour

Les bons vergers à l'herbe bleue
Aux pommiers tors !
Comme on les sent toute une lieue
Leurs parfums forts !

Nous regagnerons le village
Au ciel mi-noir ;
Et ça sentira le laitage
Dans l'air du soir ;

Ça sentira l'étable, pleine
De fumiers chauds,
Pleine d'un lent rythme d'haleine,
Et de grands dos

Blanchissant sous quelque lumière ;
Et, tout là-bas,
Une vache fientera, fière,
À chaque pas...

– Les lunettes de la grand-mère
Et son nez long
Dans son missel ; le pot de bière
Cerclé de plomb,

Moussant entre les larges pipes
Qui, crânement,
Fument : les effroyables lippes
Qui, tout fumant,

Happent le jambon aux fourchettes
Tant, tant et plus :
Le feu qui claire les couchettes
Et les bahuts.

Les fesses luisantes et grasses
D'un gros enfant
Qui fourre, à genoux, dans les tasses,
Son museau blanc

Frôlé par un mufle qui gronde
D'un ton gentil,
Et pourlèche la face ronde
Du cher petit...

Que de choses verrons-nous, chère,
Dans ces taudis,
Quand la flamme illumine, claire,
Les carreaux gris !...

– Puis, petite et toute nichée
Dans les lilas
Noirs et frais : la vitre cachée,
Qui rit là-bas...

Tu viendras, tu viendras, je t'aime !
Ce sera beau.
Tu viendras, n'est-ce pas, et même...

ELLE. – *Et mon bureau ?*

LES EFFARÉS

Noirs dans la neige et dans la brume,
Au grand soupirail qui s'allume,
Leurs culs en rond,

À genoux, cinq petits, – misère ! –
Regardent le boulanger faire
Le lourd pain blond...

Ils voient le fort bras blanc qui tourne
La pâte grise, et qui l'enfourne
Dans un trou clair.

Ils écoutent le bon pain cuire.
Le boulanger au gras sourire
Chante un vieil air.

Ils sont blottis, pas un ne bouge,
Au souffle du soupirail rouge,
Chaud comme un sein.

Et quand, pendant que minuit sonne,
Façonné, pétillant et jaune,
On sort le pain,

Quand, sous les poutres enfumées,
Chantent les croûtes parfumées,
Et les grillons,

Quand ce trou chaud souffle la vie
Ils ont leur âme si ravie
Sous leurs haillons,

Ils se ressentent si bien vivre,
Les pauvres petits pleins de givre !
  – Qu'ils sont là, tous,

Collant leurs petits museaux roses
Au grillage, chantant des choses,
  Entre les trous,

Mais bien bas, – comme une prière...
Repliés vers cette lumière
  Du ciel rouvert,

– Si fort, qu'ils crèvent leur culotte,
– Et que leur lange blanc tremblote
  Au vent d'hiver...

20 sept[embre 18]70

ROMAN

I

On n'est pas sérieux, quand on a dix-sept ans.
– Un beau soir, foin des bocks et de la limonade,
Des cafés tapageurs aux lustres éclatants !
– On va sous les tilleuls verts de la promenade.

Les tilleuls sentent bon dans les bons soirs de juin !
L'air est parfois si doux, qu'on ferme la paupière ;
Le vent chargé de bruits, – la ville n'est pas loin, –
A des parfums de vigne et des parfums de bière...

II

– Voilà qu'on aperçoit un tout petit chiffon
D'azur sombre, encadré d'une petite branche,
Piqué d'une mauvaise étoile, qui se fond
Avec de doux frissons, petite et toute blanche.

Nuit de juin ! Dix-sept ans ! – On se laisse griser.
La sève est du champagne et vous monte à la tête...
On divague ; on se sent aux lèvres un baiser
Qui palpite là, comme une petite bête...

III

Le cœur fou Robinsonne à travers les romans,
– Lorsque, dans la clarté d'un pâle réverbère,
Passe une demoiselle aux petits airs charmants,
Sous l'ombre du faux col effrayant de son père...

Et, comme elle vous trouve immensément naïf,
Tout en faisant trotter ses petites bottines,
Elle se tourne, alerte et d'un mouvement vif...
– Sur vos lèvres alors meurent les cavatines...

IV

Vous êtes amoureux. Loué jusqu'au mois d'août.
Vous êtes amoureux. – Vos sonnets La font rire.
Tous vos amis s'en vont, vous êtes *mauvais goût*.
– Puis l'adorée, un soir, a daigné vous écrire... !

– Ce soir-là,... – vous rentrez aux cafés éclatants,
Vous demandez des bocks ou de la limonade...
– On n'est pas sérieux, quand on a dix-sept ans
Et qu'on a des tilleuls verts sur la promenade.

29 sept[embre 18]70

LE MAL

Tandis que les crachats rouges de la mitraille
Sifflent tout le jour par l'infini du ciel bleu ;
Qu'écarlates ou verts, près du Roi qui les raille,
Croulent les bataillons en masse dans le feu ;

Tandis qu'une folie épouvantable, broie
Et fait de cent milliers d'hommes un tas fumant ;
– Pauvres morts ! dans l'été, dans l'herbe, dans ta joie,
Nature ! ô toi qui fis ces hommes saintement !... –

– Il est un Dieu, qui rit aux nappes damassées
Des autels, à l'encens, aux grands calices d'or ;
Qui dans le bercement des hosannah s'endort,

Et se réveille, quand des mères, ramassées
Dans l'angoisse, et pleurant sous leur vieux bonnet noir
Lui donnent un gros sou lié dans leur mouchoir !

RAGES DE CÉSARS

L'Homme pâle, le long des pelouses fleuries,
Chemine, en habit noir, et le cigare aux dents :
L'Homme pâle repense aux fleurs des Tuileries
– Et parfois son œil terne a des regards ardents...

Car l'Empereur est soûl de ses vingt ans d'orgie !
Il s'était dit : « Je vais souffler la Liberté
Bien délicatement, ainsi qu'une bougie ! »
La Liberté revit ! Il se sent éreinté !

Il est pris. – Oh ! quel nom sur ses lèvres muettes
Tressaille ? Quel regret implacable le mord ?
On ne le saura pas. L'Empereur a l'œil mort.

Il repense peut-être au Compère en lunettes...
– Et regarde filer de son cigare en feu,
Comme aux soirs de Saint-Cloud, un fin nuage bleu.

À... Elle

RÊVÉ POUR L'HIVER

L'hiver, nous irons dans un petit wagon rose
Avec des coussins bleus.
Nous serons bien. Un nid de baisers fous repose
Dans chaque coin moelleux.

Tu fermeras l'œil, pour ne point voir, par la glace,
Grimacer les ombres des soirs,
Ces monstruosités hargneuses, populace
De démons noirs et de loups noirs.

Puis tu te sentiras la joue égratignée...
Un petit baiser, comme une folle araignée,
Te courra par le cou...

Et tu me diras : « Cherche ! » en inclinant la tête,
– Et nous prendrons du temps à trouver cette bête
– Qui voyage beaucoup...

En Wagon, le 7 octobre [18]70

LE DORMEUR DU VAL

C'est un trou de verdure où chante une rivière
Accrochant follement aux herbes des haillons
D'argent ; où le soleil, de la montagne fière,
Luit : c'est un petit val qui mousse de rayons.

Un soldat jeune, bouche ouverte, tête nue,
Et la nuque baignant dans le frais cresson bleu,
Dort ; il est étendu dans l'herbe, sous la nue,
Pâle dans son lit vert où la lumière pleut.

Les pieds dans les glaïeuls, il dort. Souriant comme
Sourirait un enfant malade, il fait un somme :
Nature, berce-le chaudement : il a froid.

Les parfums ne font pas frissonner sa narine ;
Il dort dans le soleil, la main sur sa poitrine
Tranquille. Il a deux trous rouges au côté droit.

Octobre 1870

AU CABARET-VERT
cinq heures du soir

Depuis huit jours, j'avais déchiré mes bottines
Aux cailloux des chemins. J'entrais à Charleroi.
– *Au Cabaret-Vert*: je demandai des tartines
De beurre et du jambon qui fût à moitié froid.

Bienheureux, j'allongeai les jambes sous la table
Verte : je contemplai les sujets très naïfs
De la tapisserie. – Et ce fut adorable,
Quand la fille aux tétons énormes, aux yeux vifs,

– Celle-là, ce n'est pas un baiser qui l'épeure ! –
Rieuse, m'apporta des tartines de beurre,
Du jambon tiède, dans un plat colorié,

Du jambon rose et blanc parfumé d'une gousse
D'ail, – et m'emplit la chope immense, avec sa mousse
Que dorait un rayon de soleil arriéré.

Octobre [18]70

LA MALINE

Dans la salle à manger brune, que parfumait
Une odeur de vernis et de fruits, à mon aise
Je ramassais un plat de je ne sais quel met
Belge, et je m'épatais dans mon immense chaise.

En mangeant, j'écoutais l'horloge, – heureux et coi.
La cuisine s'ouvrit avec une bouffée,
– Et la servante vint, je ne sais pas pourquoi,
Fichu moitié défait, malinement coiffée

Et, tout en promenant son petit doigt tremblant
Sur sa joue, un velours de pêche rose et blanc,
En faisant, de sa lèvre enfantine, une moue,
Elle arrangeait les plats, près de moi, pour m'aiser ;
– Puis, comme ça, – bien sûr, pour avoir un baiser, –
Tout bas : « Sens donc, j'ai pris *une* froid sur la joue... »

Charleroi, octobre [18]70

L'ÉCLATANTE VICTOIRE DE SARREBRÜCK
REMPORTÉE AUX CRIS DE VIVE L'EMPEREUR !

Gravure belge brillamment coloriée,
se vend à Charleroi, 35 centimes.

Au milieu, l'Empereur, dans une apothéose
Bleue et jaune, s'en va, raide, sur son dada
Flamboyant ; très heureux, – car il voit tout en rose,
Féroce comme Zeus et doux comme un papa ;

En bas, les bons Pioupious qui faisaient la sieste
Près des tambours dorés et des rouges canons,
Se lèvent gentiment. Pitou remet sa veste,
Et, tourné vers le Chef, s'étourdit de grands noms !

À droite, Dumanet, appuyé sur la crosse
De son chassepot, sent frémir sa nuque en brosse,
Et : « Vive l'Empereur !! » – Son voisin reste coi...

Un schako surgit, comme un soleil noir... – Au centre,
Boquillon rouge et bleu, très naïf, sur son ventre
Se dresse, et, – présentant ses derrières – « De quoi ?... »

Octobre 70

LE BUFFET

C'est un large buffet sculpté ; le chêne sombre,
Très vieux, a pris cet air si bon des vieilles gens ;
Le buffet est ouvert, et verse dans son ombre
Comme un flot de vin vieux, des parfums engageants ;

Tout plein, c'est un fouillis de vieilles vieilleries,
De linges odorants et jaunes, de chiffons
De femmes ou d'enfants, de dentelles flétries,
De fichus de grand'mère où sont peints des griffons ;

– C'est là qu'on trouverait les médaillons, les mèches
De cheveux blancs ou blonds, les portraits, les fleurs sèches
Dont le parfum se mêle à des parfums de fruits.

– Ô buffet du vieux temps, tu sais bien des histoires,
Et tu voudrais conter tes contes, et tu bruis
Quand s'ouvrent lentement tes grandes portes noires.

Octobre 70

MA BOHÈME
(Fantaisie)

Je m'en allais, les poings dans mes poches crevées ;
Mon paletot aussi devenait idéal ;
J'allais sous le ciel, Muse ! et j'étais ton féal ;
Oh ! là ! là ! que d'amours splendides j'ai rêvées !

Mon unique culotte avait un large trou.
– Petit-Poucet rêveur, j'égrenais dans ma course
Des rimes. Mon auberge était à la Grande-Ourse.
– Mes étoiles au ciel avaient un doux frou-frou

Et je les écoutais, assis au bord des routes,
Ces bons soirs de septembre où je sentais des gouttes
De rosée à mon front, comme un vin de vigueur ;

Où, rimant au milieu des ombres fantastiques,
Comme des lyres, je tirais les élastiques
De mes souliers blessés, un pied près de mon cœur !

LES CORBEAUX

Seigneur, quand froide est la prairie,
Quand dans les hameaux abattus,
Les longs angelus se sont tus...
Sur la nature défleurie
Faites s'abattre des grands cieux
Les chers corbeaux délicieux.

Armée étrange aux cris sévères,
Les vents froids attaquent vos nids !
Vous, le long des fleuves jaunis,
Sur les routes aux vieux calvaires,
Sur les fossés et sur les trous
Dispersez-vous, ralliez-vous !

Par milliers, sur les champs de France,
Où dorment des morts d'avant-hier,
Tournoyez, n'est-ce pas, l'hiver,
Pour que chaque passant repense !
Sois donc le crieur du devoir,
Ô notre funèbre oiseau noir !

Mais, saints du ciel, en haut du chêne,
Mât perdu dans le soir charmé,
Laissez les fauvettes de mai
Pour ceux qu'au fond du bois enchaîne,
Dans l'herbe d'où l'on ne peut fuir,
La défaite sans avenir.

LES ASSIS

Noirs de loupes, grêlés, les yeux cerclés de bagues
Vertes, leurs doigts boulus crispés à leurs fémurs,
Le sinciput plaqué de hargnosités vagues
Comme les floraisons lépreuses des vieux murs ;

Ils ont greffé dans des amours épileptiques
Leur fantasque ossature aux grands squelettes noirs
De leurs chaises ; leurs pieds aux barreaux rachitiques
S'entrelacent pour les matins et pour les soirs !

Ces vieillards ont toujours fait tresse avec leurs sièges,
Sentant les soleils vifs percaliser leur peau,
Ou, les yeux à la vitre où se fanent les neiges,
Tremblant du tremblement douloureux du crapaud.

Et les Sièges leur ont des bontés : culottée
De brun, la paille cède aux angles de leurs reins ;
L'âme des vieux soleils s'allume emmaillotée
Dans ces tresses d'épis où fermentaient les grains.

Et les Assis, genoux aux dents, verts pianistes,
Les dix doigts sous leur siège aux rumeurs de tambour,
S'écoutent clapoter des barcarolles tristes,
Et leurs caboches vont dans des roulis d'amour.

– Oh ! ne les faites pas lever ! C'est le naufrage...
Ils surgissent, grondant comme des chats giflés,
Ouvrant lentement leurs omoplates, ô rage !
Tout leur pantalon bouffe à leurs reins boursouflés.

Et vous les écoutez, cognant leurs têtes chauves
Aux murs sombres, plaquant et plaquant leurs pieds tors,
Et leurs boutons d'habit sont des prunelles fauves
Qui vous accrochent l'œil du fond des corridors !

Puis ils ont une main invisible qui tue :
Au retour, leur regard filtre ce venin noir
Qui charge l'œil souffrant de la chienne battue,
Et vous suez pris dans un atroce entonnoir.

Rassis, les poings noyés dans des manchettes sales,
Ils songent à ceux-là qui les ont fait lever
Et, de l'aurore au soir, des grappes d'amygdales
Sous leurs mentons chétifs s'agitent à crever.

Quand l'austère sommeil a baissé leurs visières,
Ils rêvent sur leur bras de sièges fécondés,
De vrais petits amours de chaises en lisière
Par lesquelles de fiers bureaux seront bordés ;

Des fleurs d'encre crachant des pollens en virgule
Les bercent, le long des calices accroupis
Tels qu'au fil des glaïeuls le vol des libellules
– Et leur membre s'agace à des barbes d'épis.

TÊTE DE FAUNE

Dans la feuillée, écrin vert taché d'or,
Dans la feuillée incertaine et fleurie
De fleurs splendides où le baiser dort,
Vif et crevant l'exquise broderie,

Un faune effaré montre ses deux yeux
Et mord les fleurs rouges de ses dents blanches
Brunie et sanglante ainsi qu'un vin vieux
Sa lèvre éclate en rires sous les branches.

Et quand il a fui – tel qu'un écureuil –
Son rire tremble encore à chaque feuille
Et l'on voit épeuré par un bouvreuil
Le Baiser d'or du Bois, qui se recueille.

LES DOUANIERS

Ceux qui disent : Cré Nom, ceux qui disent macache,
Soldats, marins, débris d'Empire, retraités,
Sont nuls, très nuls, devant les Soldats des Traités
Qui tailladent l'azur frontière à grands coups d'hache.

Pipe aux dents, lame en main, profonds, pas embêtés,
Quand l'ombre bave aux bois comme un mufle de vache,
Ils s'en vont, amenant leurs dogues à l'attache,
Exercer nuitamment leurs terribles gaîtés !

Ils signalent aux lois modernes les faunesses.
Ils empoignent les Fausts et les Diavolos.
« Pas de ça, les anciens ! Déposez les ballots ! »

Quand sa sérénité s'approche des jeunesses,
Le Douanier se tient aux appas contrôlés !
Enfer aux Délinquants que sa paume a frôlés !

ORAISON DU SOIR

Je vis assis, tel qu'un ange aux mains d'un barbier,
Empoignant une chope à fortes cannelures,
L'hypogastre et le col cambrés, une Gambier
Aux dents, sous l'air gonflé d'impalpables voilures.

Tels que les excréments chauds d'un vieux colombier,
Mille Rêves en moi font de douces brûlures :
Puis par instants mon cœur triste est comme un aubier
Qu'ensanglante l'or jeune et sombre des coulures.

Puis, quand j'ai ravalé mes rêves avec soin,
Je me tourne, ayant bu trente ou quarante chopes,
Et me recueille, pour lâcher l'âcre besoin :

Doux comme le Seigneur du cèdre et des hysopes,
Je pisse vers les cieux bruns, très haut et très loin,
Avec l'assentiment des grands héliotropes.

CHANT DE GUERRE PARISIEN

Le Printemps est évident, car
Du cœur des Propriétés vertes,
Le vol de Thiers et de Picard
Tient ses splendeurs grandes ouvertes !

Ô Mai ! quels délirants culs-nus !
Sèvres, Meudon, Bagneux, Asnières
Écoutez donc les bienvenus
Semer les choses printanières !

Ils ont schako, sabre et tam-tam,
Non la vieille boîte à bougies
Et des yoles qui n'ont jam, jam...
Fendent le lac aux eaux rougies !

Plus que jamais nous bambochons
Quand arrivent sur nos tanières
Crouler les jaunes cabochons
Dans des aubes particulières !

Thiers et Picard sont des Éros,
Des enleveurs d'héliotropes,
Au pétrole ils font des Corots
Voici hannetonner leurs tropes...

Ils sont familiers du Grand Truc !...
Et couché dans les glaïeuls, Favre
Fait son cillement aqueduc,
Et ses reniflements à poivre !

La grand'ville a le pavé chaud,
Malgré vos douches de pétrole,
Et décidément, il nous faut
Vous secouer dans votre rôle...

Et les Ruraux qui se prélassent
Dans de longs accroupissements,
Entendront des rameaux qui cassent
Parmi les rouges froissements !

MES PETITES AMOUREUSES

Un hydrolat lacrymal lave
Les cieux vert-chou :
Sous l'arbre tendronnier qui bave,
Vos caoutchoucs

Blancs de lunes particulières
Aux pialats ronds,
Entrechoquez vos genouillères
Mes laiderons !

Nous nous aimions à cette époque,
Bleu laideron !
On mangeait des œufs à la coque
Et du mouron !

Un soir, tu me sacras poète,
Blond laideron :
Descends ici, que je te fouette
En mon giron ;

J'ai dégueulé ta bandoline,
Noir laideron ;
Tu couperais ma mandoline
Au fil du front.

Pouah ! mes salives desséchées,
Roux laideron,
Infectent encor les tranchées
De ton sein rond !

Ô mes petites amoureuses,
Que je vous hais !
Plaquez de fouffes douloureuses
Vos tétons laids !

Piétinez mes vieilles terrines
De sentiment ;
– Hop donc ! soyez-moi ballerines
Pour un moment !...

Vos omoplates se déboîtent,
Ô mes amours !
Une étoile à vos reins qui boitent,
Tournez vos tours !

Et c'est pourtant pour ces éclanches
Que j'ai rimé !
Je voudrais vous casser les hanches
D'avoir aimé !

Fade amas d'étoiles ratées,
Comblez les coins !
– Vous crèverez en Dieu, bâtées
D'ignobles soins !

Sous les lunes particulières
Aux pialats ronds,
Entrechoquez vos genouillères,
Mes laiderons !

ACCROUPISSEMENTS

Bien tard, quand il se sent l'estomac écœuré,
Le frère Milotus, un œil à la lucarne
D'où le soleil, clair comme un chaudron récuré,
Lui darde une migraine et fait son regard darne,
Déplace dans les draps son ventre de curé.

Il se démène sous sa couverture grise
Et descend, ses genoux à son ventre tremblant,
Effaré comme un vieux qui mangerait sa prise,
Car il lui faut, le poing à l'anse d'un pot blanc,
À ses reins largement retrousser sa chemise !

Or, il s'est accroupi, frileux, les doigts de pied
Repliés, grelottant au clair soleil qui plaque
Des jaunes de brioche aux vitres de papier ;
Et le nez du bonhomme où s'allume la laque
Renifle aux rayons, tel qu'un charnel polypier.

....

Le bonhomme mijote au feu, bras tordus, lippe
Au ventre : il sent glisser ses cuisses dans le feu,
Et ses chausses roussir, et s'éteindre sa pipe ;
Quelque chose comme un oiseau remue un peu
À son ventre serein comme un monceau de tripe !

Autour, dort un fouillis de meubles abrutis
Dans des haillons de crasse et sur de sales ventres ;
Des escabeaux, crapauds étranges, sont blottis
Aux coins noirs : des buffets ont des gueules de chantres
Qu'entrouvre un sommeil plein d'horribles appétits.

L'écœurante chaleur gorge la chambre étroite ;
Le cerveau du bonhomme est bourré de chiffons.
Il écoute les poils pousser dans sa peau moite,
Et parfois, en hoquets fort gravement bouffons
S'échappe, secouant son escabeau qui boite...

....

Et le soir, aux rayons de lune, qui lui font
Aux contours du cul des bavures de lumière,
Une ombre avec détails s'accroupit, sur un fond
De neige rose ainsi qu'une rose trémière...
Fantasque, un nez poursuit Vénus au ciel profond.

À M. P. Demeny

LES POÈTES DE SEPT ANS

Et la Mère, fermant le livre du devoir,
S'en allait satisfaite et très fière, sans voir,
Dans les yeux bleus et sous le front plein d'éminences,
L'âme de son enfant livrée aux répugnances.

Tout le jour il suait d'obéissance ; très
Intelligent ; pourtant des tics noirs, quelques traits
Semblaient prouver en lui d'âcres hypocrisies.
Dans l'ombre des couloirs aux tentures moisies,

En passant il tirait la langue, les deux poings
À l'aine, et dans ses yeux fermés voyait des points.
Une porte s'ouvrait sur le soir : à la lampe
On le voyait, là-haut, qui râlait sur la rampe,
Sous un golfe de jour pendant du toit. L'été
Surtout, vaincu, stupide, il était entêté
À se renfermer dans la fraîcheur des latrines :
Il pensait là, tranquille et livrant ses narines.

Quand, lavé des odeurs du jour, le jardinet
Derrière la maison, en hiver, s'illunait,
Gisant au pied d'un mur, enterré dans la marne
Et pour des visions écrasant son œil darne,
Il écoutait grouiller les galeux espaliers.
Pitié ! Ces enfants seuls étaient ses familiers
Qui, chétifs, fronts nus, œil déteignant sur la joue,
Cachant de maigres doigts jaunes et noirs de boue

Sous des habits puant la foire et tout vieillots,
Conversaient avec la douceur des idiots !
Et si, l'ayant surpris à des pitiés immondes,
Sa mère s'effrayait ; les tendresses, profondes,
De l'enfant se jetaient sur cet étonnement.
C'était bon. Elle avait le bleu regard, – qui ment !

À sept ans, il faisait des romans, sur la vie
Du grand désert, où luit la Liberté ravie,
Forêts, soleils, rives, savanes ! – Il s'aidait
De journaux illustrés où, rouge, il regardait
Des Espagnoles rire et des Italiennes.
Quand venait, l'œil brun, folle, en robes d'indiennes,
– Huit ans, – la fille des ouvriers d'à côté,
La petite brutale, et qu'elle avait sauté,
Dans un coin, sur son dos, en secouant ses tresses,
Et qu'il était sous elle, il lui mordait les fesses,
Car elle ne portait jamais de pantalons ;
– Et, par elle meurtri des poings et des talons,
Remportait les saveurs de sa peau dans sa chambre.

Il craignait les blafards dimanches de décembre,
Où, pommadé, sur un guéridon d'acajou,
Il lisait une Bible à la tranche vert-chou ;
Des rêves l'oppressaient chaque nuit dans l'alcôve.
Il n'aimait pas Dieu ; mais les hommes, qu'au soir fauve,
Noirs, en blouse, il voyait rentrer dans le faubourg
Où les crieurs, en trois roulements de tambour,
Font autour des édits rire et gronder les foules.
– Il rêvait la prairie amoureuse, où des houles
Lumineuses, parfums sains, pubescences d'or
Font leur remuement calme et prennent leur essor !

Et comme il savourait surtout les sombres choses,
Quand, dans la chambre nue aux persiennes closes,
Haute et bleue, âcrement prise d'humidité,
Il lisait son roman sans cesse médité,
Plein de lourds ciels ocreux et de forêts noyées,
De fleurs de chair aux bois sidérals déployées,
Vertige, écroulements, déroutes et pitié !

– Tandis que se faisait la rumeur du quartier,
En bas, – seul, et couché sur des pièces de toile
Écrue, et pressentant violemment la voile !

26 mai 1871

L'ORGIE PARISIENNE
OU
PARIS SE REPEUPLE

Ô lâches, la voilà ! Dégorgez dans les gares !
Le soleil essuya de ses poumons ardents
Les boulevards qu'un soir comblèrent les Barbares.
Voilà la Cité sainte, assise à l'occident !

Allez ! on préviendra les reflux d'incendie,
Voilà les quais, voilà les boulevards, voilà
Les maisons sur l'azur léger qui s'irradie
Et qu'un soir la rougeur des bombes étoila !

Cachez les palais morts dans des niches de planches !
L'ancien jour effaré rafraîchit vos regards.
Voici le troupeau roux des tordeuses de hanches :
Soyez fous, vous serez drôles, étant hagards !

Tas de chiennes en rut mangeant des cataplasmes,
Le cri des maisons d'or vous réclame. Volez !
Mangez ! Voici la nuit de joie aux profonds spasmes
Qui descend dans la rue. Ô buveurs désolés,

Buvez ! Quand la lumière arrive intense et folle,
Fouillant à vos côtés les luxes ruisselants,
Vous n'allez pas baver, sans geste, sans parole,
Dans vos verres, les yeux perdus aux lointains blancs ?

Avalez, pour la Reine aux fesses cascadantes !
Écoutez l'action des stupides hoquets
Déchirants ! Écoutez sauter aux nuits ardentes
Les idiots râleux, vieillards, pantins, laquais !

Ô cœurs de saleté, bouches épouvantables,
Fonctionnez plus fort, bouches de puanteurs !
Un vin pour ces torpeurs ignobles, sur ces tables...
Vos ventres sont fondus de hontes, ô Vainqueurs !

Ouvrez votre narine aux superbes nausées !
Trempez de poisons forts les cordes de vos cous !
Sur vos nuques d'enfants baissant ses mains croisées
Le Poète vous dit : « Ô lâches, soyez fous !

Parce que vous fouillez le ventre de la Femme,
Vous craignez d'elle encore une convulsion
Qui crie, asphyxiant votre nichée infâme
Sur sa poitrine, en une horrible pression.

Syphilitiques, fous, rois, pantins, ventriloques,
Qu'est-ce que ça peut faire à la putain Paris,
Vos âmes et vos corps, vos poisons et vos loques ?
Elle se secouera de vous, hargneux pourris !

Et quand vous serez bas, geignant sur vos entrailles,
Les flancs morts, réclamant votre argent, éperdus,
La rouge courtisane aux seins gros de batailles
Loin de votre stupeur tordra ses poings ardus !

Quand tes pieds ont dansé si fort dans les colères,
Paris ! quand tu reçus tant de coups de couteau,
Quand tu gis, retenant dans tes prunelles claires
Un peu de la bonté du fauve renouveau,

Ô cité douloureuse, ô cité quasi morte,
La tête et les deux seins jetés vers l'Avenir
Ouvrant sur ta pâleur ses milliards de portes,
Cité que le Passé sombre pourrait bénir :

Corps remagnétisé pour les énormes peines,
Tu rebois donc la vie effroyable ! tu sens
Sourdre le flux des vers livides en tes veines,
Et sur ton clair amour rôder les doigts glaçants !

Et ce n'est pas mauvais. Les vers, les vers livides
Ne gêneront pas plus ton souffle de Progrès
Que les Stryx n'éteignaient l'œil des Cariatides
Où des pleurs d'or astral tombaient des bleus degrés. »

Quoique ce soit affreux de te revoir couverte
Ainsi ; quoiqu'on n'ait fait jamais d'une cité
Ulcère plus puant à la Nature verte,
Le Poète te dit : « Splendide est ta Beauté ! »

L'orage t'a sacrée suprême poésie ;
L'immense remuement des forces te secourt ;
Ton œuvre bout, la mort gronde, Cité choisie !
Amasse les strideurs au cœur du clairon sourd.

Le Poète prendra le sanglot des Infâmes,
La haine des Forçats, la clameur des Maudits ;
Et ses rayons d'amour flagelleront les Femmes.
Ses strophes bondiront : Voilà ! voilà ! bandits !

– Société, tout est rétabli : – les orgies
Pleurent leur ancien râle aux anciens lupanars :
Et les gaz en délire, aux murailles rougies,
Flambent sinistrement vers les azurs blafards !

Mai 1871

LE CŒUR DU PITRE

Mon triste cœur bave à la poupe,
Mon cœur est plein de caporal :
Ils y lancent des jets de soupe,
Mon triste cœur bave à la poupe :
Sous les quolibets de la troupe
Qui pousse un rire général,
Mon triste cœur bave à la poupe,
Mon cœur est plein de caporal !

Ithyphalliques et pioupiesques
Leurs insultes l'ont dépravé !
À la vesprée ils font des fresques
Ithyphalliques et pioupiesques.
Ô flots abracadabrantesques,
Prenez mon cœur, qu'il soit sauvé :
Ithyphalliques et pioupiesques
Leurs insultes l'ont dépravé !

Quand ils auront tari leurs chiques,
Comment agir, ô cœur volé ?
Ce seront des refrains bachiques
Quand ils auront tari leurs chiques :
J'aurai des sursauts stomachiques
Si mon cœur triste est ravalé :
Quand ils auront tari leurs chiques
Comment agir, ô cœur volé ?

Mai 1871

LES PAUVRES À L'ÉGLISE

Parqués entre des bancs de chêne, aux coins d'église
Qu'attiédit puamment leur souffle, tous leurs yeux
Vers le chœur ruisselant d'orrie et la maîtrise
Aux vingt gueules gueulant les cantiques pieux ;

Comme un parfum de pain humant l'odeur de cire,
Heureux, humiliés comme des chiens battus,
Les Pauvres au Bon Dieu, le patron et le sire,
Tendent leurs oremus risibles et têtus.

Aux femmes, c'est bien bon de faire des bancs lisses,
Après les six jours noirs où Dieu les fait souffrir !
Elles bercent, tordus dans d'étranges pelisses,
Des espèces d'enfants qui pleurent à mourir.

Leurs seins crasseux dehors, ces mangeuses de soupe,
Une prière aux yeux et ne priant jamais,
Regardent parader mauvaisement un groupe
De gamines avec leurs chapeaux déformés.

Dehors, le froid, la faim, l'homme en ribote :
C'est bon. Encore une heure ; après, les maux sans noms !
– Cependant, alentour, geint, nasille, chuchote
Une collection de vieilles à fanons :

Ces effarés y sont et ces épileptiques
Dont on se détournait hier aux carrefours ;
Et, fringalant du nez dans des missels antiques,
Ces aveugles qu'un chien introduit dans les cours.

Et tous, bavant la foi mendiante et stupide,
Récitent la complainte infinie à Jésus
Qui rêve en haut, jauni par le vitrail livide,
Loin des maigres mauvais et des méchants pansus,

Loin de senteurs de viande et d'étoffes moisies,
Farce prostrée et sombre aux gestes repoussants ;
– Et l'oraison fleurit d'expressions choisies,
Et les mysticités prennent des tons pressants,

Quand, des nefs où périt le soleil, plis de soie
Banals, sourires verts, les Dames des quartiers
Distingués, – ô Jésus ! – les malades du foie
Font baiser leurs longs doigts jaunes aux bénitiers.

1871

LES MAINS DE JEANNE-MARIE

Jeanne-Marie a des mains fortes,
Mains sombres que l'été tanna,
Mains pâles comme des mains mortes.
– Sont-ce des mains de Juana ?

Ont-elles pris les crèmes brunes
Sur les mares des voluptés ?
Ont-elles trempé dans des lunes
Aux étangs de sérénités ?

Ont-elles bu des cieux barbares,
Calmes sur les genoux charmants ?
Ont-elles roulé des cigares
Ou trafiqué des diamants ?

Sur les pieds ardents des Madones
Ont-elles fané des fleurs d'or ?
C'est le sang noir des belladones
Qui dans leur paume éclate et dort.

Mains chasseresses des diptères
Dont bombinent les bleuisons
Aurorales, vers les nectaires ?
Mains décanteuses de poisons ?

Oh ! quel Rêve les a saisies
Dans les pandiculations ?
Un rêve inouï des Asies,
Des Khenghavars ou des Sions ?

– Ces mains n'ont pas vendu d'oranges,
Ni bruni sur les pieds des dieux :
Ces mains n'ont pas lavé les langes
Des lourds petits enfants sans yeux.

Ce ne sont pas mains de cousine
Ni d'ouvrières aux gros fronts
Que brûle, aux bois puant l'usine,
Un soleil ivre de goudrons.

Ce sont des ployeuses d'échines,
Des mains qui ne font jamais mal,
Plus fatales que des machines,
Plus fortes que tout un cheval !

Remuant comme des fournaises,
Et secouant tous ses frissons,
Leur chair chante des Marseillaises
Et jamais les Eleisons !

Ça serrerait vos cous, ô femmes
Mauvaises, ça broierait vos mains,
Femmes nobles, vos mains infâmes
Pleines de blancs et de carmins.

L'éclat de ces mains amoureuses
Tourne le crâne des brebis !
Dans leurs phalanges savoureuses
Le grand soleil met un rubis !

Une tache de populace
Les brunit comme un sein d'hier ;
Le dos de ces Mains est la place
Qu'en baisa tout Révolté fier !

Elles ont pâli, merveilleuses,
Au grand soleil d'amour chargé,
Sur le bronze des mitrailleuses
À travers Paris insurgé !

Ah ! quelquefois, ô Mains sacrées,
À vos poings, Mains où tremblent nos
Lèvres jamais désenivrées,
Crie une chaîne aux clairs anneaux !

Et c'est un soubresaut étrange
Dans nos êtres, quand, quelquefois,
On veut vous déhâler, Mains d'ange,
En vous faisant saigner les doigts !

LES SŒURS DE CHARITÉ

Le jeune homme dont l'œil est brillant, la peau brune,
Le beau corps de vingt ans qui devrait aller nu,
Et qu'eût, le front cerclé de cuivre, sous la lune
Adoré, dans la Perse, un Génie inconnu,

Impétueux avec des douceurs virginales
Et noires, fier de ses premiers entêtements,
Pareil aux jeunes mers, pleurs de nuits estivales
Qui se retournent sur des lits de diamants ;

Le jeune homme, devant les laideurs de ce monde
Tressaille dans son cœur largement irrité,
Et plein de la blessure éternelle et profonde,
Se prend à désirer sa sœur de charité.

Mais, ô Femme, monceau d'entrailles, pitié douce,
Tu n'es jamais la sœur de charité, jamais,
Ni regard noir, ni ventre où dort une ombre rousse,
Ni doigts légers, ni seins splendidement formés.

Aveugle irréveillée aux immenses prunelles,
Tout notre embrassement n'est qu'une question :
C'est toi qui pends à nous, porteuse de mamelles,
Nous te berçons, charmante et grave Passion.

Tes haines, tes torpeurs fixes, tes défaillances,
Et les brutalités souffertes autrefois,
Tu nous rends tout, ô Nuit pourtant sans malveillances,
Comme un excès de sang épanché tous les mois.

– Quand la femme, portée un instant, l'épouvante,
Amour, appel de vie et chanson d'action,
Viennent la Muse verte et la Justice ardente
Le déchirer de leur auguste obsession.

Ah ! sans cesse altéré des splendeurs et des calmes,
Délaissé des deux Sœurs implacables, geignant
Avec tendresse après la science aux bras almes,
Il porte à la nature en fleur son front saignant.

Mais la noire alchimie et les saintes études
Répugnent au blessé, sombre savant d'orgueil ;
Il sent marcher sur lui d'atroces solitudes.
Alors, et toujours beau, sans dégoût du cercueil,

Qu'il croie aux vastes fins, Rêves ou Promenades
Immenses, à travers les nuits de Vérité,
Et t'appelle en son âme et ses membres malades,
Ô Mort mystérieuse, ô sœur de charité !

Juin 1871

VOYELLES

A noir, E blanc, I rouge, U vert, O bleu : voyelles,
Je dirai quelque jour vos naissances latentes :
A, noir corset velu des mouches éclatantes
Qui bombinent autour des puanteurs cruelles,

Golfes d'ombre ; E, candeurs des vapeurs et des tentes,
Lances des glaciers fiers, rois blancs, frissons d'ombelles ;
I, pourpres, sang craché, rire des lèvres belles
Dans la colère ou les ivresses pénitentes ;

U, cycles, vibrements divins des mers virides,
Paix des pâtis semés d'animaux, paix des rides
Que l'alchimie imprime aux grands fronts studieux ;

O, suprême Clairon plein des strideurs étranges,
Silences traversés des Mondes et des Anges :
– O l'Oméga, rayon violet de Ses Yeux !

☆

L'étoile a pleuré rose au cœur de tes oreilles,
L'infini roulé blanc de ta nuque à tes reins
La mer a perlé rousse à tes mammes vermeilles
Et l'Homme saigné noir à ton flanc souverain.

☆

Le Juste restait droit sur ses hanches solides :
Un rayon lui dorait l'épaule ; des sueurs
Me prirent : « Tu veux voir rutiler les bolides ?
Et, debout, écouter bourdonner les flueurs
D'astres lactés, et les essaims d'astéroïdes ?

« Par des farces de nuit ton front est épié,
Ô Juste ! Il faut gagner un toit. Dis ta prière,
La bouche dans ton drap doucement expié ;
Et si quelque égaré choque ton ostiaire,
Dis : Frère, va plus loin, je suis estropié ! »

Et le Juste restait debout, dans l'épouvante
Bleuâtre des gazons après le soleil mort :
« Alors, mettrais-tu tes genouillères en vente,
Ô Vieillard ? Pèlerin sacré ! Barde d'Armor !
Pleureur des Oliviers ! Main que la pitié gante !

« Barbe de la famille et poing de la cité,
Croyant très doux : ô cœur tombé dans les calices,
Majestés et vertus, amour et cécité,
Juste ! plus bête et plus dégoûtant que les lices.
Je suis celui qui souffre et qui s'est révolté !

« Et ça me fait pleurer sur mon ventre, ô stupide,
Et bien rire, l'espoir fameux de ton pardon !
Je suis maudit, tu sais ! Je suis soûl, fou, livide,
Ce que tu veux ! Mais va te coucher, voyons donc,
Juste ! Je ne veux rien à ton cerveau torpide.

« C'est toi le Juste, enfin, le Juste ! C'est assez !
C'est vrai que ta tendresse et ta raison sereines
Reniflent dans la nuit comme des cétacés !
Que tu te fais proscrire, et dégoises des thrènes
Sur d'effroyables becs de canne fracassés !

« Et c'est toi l'œil de Dieu ! le lâche ! Quand les plantes
Froides des pieds divins passeraient sur mon cou,
Tu es lâche ! Ô ton front qui fourmille de lentes !
Socrates et Jésus, Saints et Justes, dégoût !
Respectez le Maudit suprême aux nuits sanglantes ! »

J'avais crié cela sur la terre, et la nuit
Calme et blanche occupait les cieux pendant ma fièvre.
Je relevai mon front : le fantôme avait fui,
Emportant l'ironie atroce de ma lèvre...
– Vents nocturnes, venez au Maudit ! Parlez-lui !

Cependant que, silencieux sous les pilastres
D'azur, allongeant les comètes et les nœuds
D'univers, remuement énorme sans désastres,
L'ordre, éternel veilleur, rame aux cieux lumineux
Et de sa drague en feu laisse filer les astres !

Ah ! qu'il s'en aille, lui, la gorge cravatée
De honte, ruminant toujours mon ennui, doux
Comme le sucre sur la denture gâtée.
– Tel que la chienne après l'assaut des fiers toutous,
Léchant son flanc d'où pend une entraille emportée.

Qu'il dise charités crasseuses et progrès...
– J'exècre tous ces yeux de chinois à bedaines,
Puis qui chante : nana, comme un tas d'enfants près
De mourir, idiots doux aux chansons soudaines :
Ô Justes, nous chierons dans vos ventres de grès !

À Monsieur Théodore de Banville

CE QU'ON DIT AU POÈTE
À PROPOS DE FLEURS

I

Ainsi, toujours, vers l'azur noir
Où tremble la mer des topazes,
Fonctionneront dans ton soir
Les Lys, ces clystères d'extases !

À notre époque de sagous
Quand les Plantes sont travailleuses,
Le Lys boira les bleus dégoûts
Dans tes Proses religieuses !

– Le lys de monsieur de Kerdrel
Le Sonnet de mil huit cent trente,
Le Lys qu'on donne au Ménestrel
Avec l'œillet et l'amarante !

Des lys ! Des lys ! On n'en voit pas !
Et dans ton Vers, tel que les manches
Des Pécheresses aux doux pas,
Toujours frissonnent ces fleurs blanches !

Toujours, Cher, quand tu prends un bain,
Ta chemise aux aisselles blondes
Se gonfle aux brises du matin
Sur les myosotis immondes !

L'amour ne passe à tes octrois
Que les Lilas, – ô balançoires !
Et les Violettes du Bois,
Crachats sucrés des Nymphes noires !...

II

Ô Poètes, quand vous auriez
Les Roses, les Roses soufflées,
Rouges sur tiges de lauriers,
Et de mille octaves enflées !

Quand BANVILLE en ferait neiger,
Sanguinolentes, tournoyantes,
Pochant l'œil fou de l'étranger
Aux lectures mal bienveillantes !

De vos forêts et de vos prés,
Ô très paisibles photographes !
La Flore est diverse à peu près
Comme des bouchons de carafes !

Toujours les végétaux Français,
Hargneux, phtisiques, ridicules,
Où le ventre des chiens bassets
Navigue en paix, aux crépuscules ;

Toujours, après d'affreux dessins
De Lotos bleus ou d'Hélianthes,
Estampes roses, sujets saints
Pour de jeunes communiantes !

L'Ode Açoka cadre avec la
Strophe en fenêtre de lorette ;
Et de lourds papillons d'éclat
Fientent sur la Pâquerette.

Vieilles verdures, vieux galons !
Ô croquignoles végétales !
Fleurs fantasques des vieux Salons !
– Aux hannetons, pas aux crotales,

Ces poupards végétaux en pleurs
Que Grandville eût mis aux lisières,
Et qu'allaitèrent de couleurs
De méchants astres à visières !

Oui, vos bavures de pipeaux
Font de précieuses glucoses !
– Tas d'œufs frits dans de vieux chapeaux,
Lys, Açokas, Lilas et Roses !...

III

Ô blanc Chasseur, qui cours sans bas
À travers le Pâtis panique,
Ne peux-tu pas, ne dois-tu pas
Connaître un peu ta botanique ?

Tu ferais succéder, je crains,
Aux Grillons roux les Cantharides,
L'or des Rios au bleu des Rhins, –
Bref, aux Norwèges les Florides :

Mais, Cher, l'Art n'est plus, maintenant,
– C'est la vérité, – de permettre
À l'Eucalyptus étonnant
Des constrictors d'un hexamètre ;

Là !... Comme si les Acajous
Ne servaient, même en nos Guyanes,
Qu'aux cascades des sapajous,
Au lourd délire des lianes !

– En somme, une Fleur, Romarin
Ou Lys, vive ou morte, vaut-elle
Un excrément d'oiseau marin ?
Vaut-elle un seul pleur de chandelle ?

– Et j'ai dit ce que je voulais !
Toi, même assis là-bas, dans une
Cabane de bambous, – volets
Clos, tentures de perse brune, –

Tu torcherais des floraisons
Dignes d'Oises extravagantes !...
– Poète ! ce sont des raisons
Non moins risibles qu'arrogantes !...

IV

Dis, non les pampas printaniers
Noirs d'épouvantables révoltes,
Mais les tabacs, les cotonniers !
Dis les exotiques récoltes !

Dis, front blanc que Phébus tanna,
De combien de dollars se rente
Pedro Velasquez, Habana ;
Incague la mer de Sorrente

Où vont les Cygnes par milliers ;
Que tes strophes soient des réclames
Pous l'abatis des mangliers
Fouillés des hydres et des lames !

Ton quatrain plonge aux bois sanglants
Et revient proposer aux Hommes
Divers sujets de sucres blancs,
De pectoraires et de gommes !

Sachons par Toi si les blondeurs
Des Pics neigeux, vers les Tropiques,
Sont ou des insectes pondeurs
Ou des lichens microscopiques !

Trouve, ô Chasseur, nous le voulons,
Quelques garances parfumées
Que la Nature en pantalons
Fasse éclore ! – pour nos Armées !

Trouve, aux abords du Bois qui dort,
Les fleurs, pareilles à des mufles,
D'où bavent des pommades d'or
Sur les cheveux sombres des Buffles !

Trouve, aux prés fous, où sur le Bleu
Tremble l'argent des pubescences,
Des calices pleins d'Œufs de feu
Qui cuisent parmi les essences !

Trouve des Chardons cotonneux
Dont dix ânes aux yeux de braises
Travaillent à filer les nœuds !
Trouve des Fleurs qui soient des chaises !

Oui, trouve au cœur des noirs filons
Des fleurs presque pierres, – fameuses ! –
Qui vers leurs durs ovaires blonds
Aient des amygdales gemmeuses !

Sers-nous, ô Farceur, tu le peux,
Sur un plat de vermeil splendide
Des ragoûts de Lys sirupeux
Mordant nos cuillers Alfénide !

V

Quelqu'un dira le grand Amour,
Voleur des sombres Indulgences :
Mais ni Renan, ni le chat Murr
N'ont vu les Bleus Thyrses immenses !

Toi, fais jouer dans nos torpeurs,
Par les parfums les hystéries ;
Exalte-nous vers des candeurs
Plus candides que les Maries...

Commerçant ! colon ! médium !
Ta Rime sourdra, rose ou blanche,
Comme un rayon de sodium,
Comme un caoutchouc qui s'épanche !

De tes noirs Poèmes, – Jongleur !
Blancs, verts, et rouges dioptriques,
Que s'évadent d'étranges fleurs
Et des papillons électriques !

Voilà ! c'est le Siècle d'enfer !
Et les poteaux télégraphiques
Vont orner, – lyre aux chants de fer,
Tes omoplates magnifiques !

Surtout, rime une version
Sur le mal des pommes de terre !
– Et, pour la composition
De Poèmes pleins de mystère
Qu'on doive lire de Tréguier
À Paramaribo, rachète
Des Tomes de Monsieur Figuier,
– Illustrés ! – chez Monsieur Hachette !

Alcide Bava
A. R.
14 juillet 1871

LES PREMIÈRES COMMUNIONS

I

Vraiment, c'est bête, ces églises des villages
Où quinze laids marmots encrassant les piliers
Écoutent, grasseyant les divins babillages,
Un noir grotesque dont fermentent les souliers :
Mais le soleil éveille, à travers des feuillages,
Les vieilles couleurs des vitraux irréguliers.

La pierre sent toujours la terre maternelle.
Vous verrez des monceaux de ces cailloux terreux
Dans la campagne en rut qui frémit solennelle
Portant près des blés lourds, dans les sentiers ocreux,
Ces arbrisseaux brûlés où bleuit la prunelle,
Des nœuds de mûriers noirs et de rosiers fuireux.

Tous les cent ans on rend ces granges respectables
Par un badigeon d'eau bleue et de lait caillé :
Si des mysticités grotesques sont notables
Près de la Notre-Dame ou du Saint empaillé,
Des mouches sentant bon l'auberge et les étables
Se gorgent de cire au plancher ensoleillé.

L'enfant se doit surtout à la maison, famille
Des soins naïfs, des bons travaux abrutissants ;
Ils sortent, oubliant que la peau leur fourmille
Où le Prêtre du Christ plaqua ses doigts puissants.
On paie au Prêtre un toit ombré d'une charmille
Pour qu'il laisse au soleil tous ces fronts brunissants.

Le premier habit noir, le plus beau jour de tartes,
Sous le Napoléon ou le Petit Tambour
Quelque enluminure où les Josephs et les Marthes
Tirent la langue avec un excessif amour
Et que joindront, au jour de science, deux cartes,
Ces seuls doux souvenirs lui restent du grand Jour.

Les filles vont toujours à l'église, contentes
De s'entendre appeler garces par les garçons
Qui font du genre après messe ou vêpres chantantes.
Eux qui sont destinés au chic des garnisons
Ils narguent au café les maisons importantes,
Blousés neuf, et gueulant d'effroyables chansons.

Cependant le Curé choisit pour les enfances
Des dessins ; dans son clos, les vêpres dites, quand
L'air s'emplit du lointain nasillement des danses,
Il se sent, en dépit des célestes défenses,
Les doigts de pied ravis et le mollet marquant ;
– La Nuit vient, noir pirate aux cieux d'or débarquant.

II

Le Prêtre a distingué parmi les catéchistes,
Congrégés des Faubourgs ou des Riches Quartiers,
Cette petite fille inconnue, aux yeux tristes,
Front jaune. Les parents semblent de doux portiers.
« Au grand Jour, le marquant parmi les Catéchistes,
Dieu fera sur ce front neiger ses bénitiers. »

III

La veille du grand Jour, l'enfant se fait malade.
Mieux qu'à l'Église haute aux funèbres rumeurs,
D'abord le frisson vient, – le lit n'étant pas fade –
Un frisson surhumain qui retourne : « Je meurs... »

Et, comme un vol d'amour fait à ses sœurs stupides,
Elle compte, abattue et les mains sur son cœur,
Les Anges, les Jésus et ses Vierges nitides
Et, calmement, son âme a bu tout son vainqueur.

Adonaï!... – Dans les terminaisons latines,
Des cieux moirés de vert baignent les Fronts vermeils
Et tachés du sang pur des célestes poitrines,
De grands linges neigeux tombent sur les soleils !

– Pour ses virginités présentes et futures
Elle mord aux fraîcheurs de ta Rémission,
Mais plus que les lys d'eau, plus que les confitures,
Tes pardons sont glacés, ô Reine de Sion !

IV

Puis la Vierge n'est plus que la vierge du livre.
Les mystiques élans se cassent quelquefois...
Et vient la pauvreté des images, que cuivre
L'ennui, l'enluminure atroce et les vieux bois ;

Des curiosités vaguement impudiques
Épouvantent le rêve aux chastes bleuités
Qui s'est surpris autour des célestes tuniques,
Du linge dont Jésus voile ses nudités.

Elle veut, elle veut, pourtant, l'âme en détresse,
Le front dans l'oreiller creusé par les cris sourds,
Prolonger les éclairs suprêmes de tendresse,
Et bave... – L'ombre emplit les maisons et les cours.

Et l'enfant ne peut plus. Elle s'agite, cambre
Les reins et d'une main ouvre le rideau bleu
Pour amener un peu la fraîcheur de la chambre
Sous le drap, vers son ventre et sa poitrine en feu...

V

À son réveil, – minuit, – la fenêtre était blanche.
Devant le sommeil bleu des rideaux illunés,
La vision la prit des candeurs du dimanche ;
Elle avait rêvé rouge. Elle saigna du nez,

Et se sentant bien chaste et pleine de faiblesse
Pour savourer en Dieu son amour revenant,
Elle eut soif de la nuit où s'exalte et s'abaisse
Le cœur, sous l'œil des cieux doux, en les devinant ;

De la nuit, Vierge-Mère impalpable, qui baigne
Tous les jeunes émois de ses silences gris ;
Elle eut soif de la nuit forte où le cœur qui saigne
Écoule sans témoin sa révolte sans cris.

Et faisant la victime et la petite épouse,
Son étoile la vit, une chandelle aux doigts,
Descendre dans la cour où séchait une blouse,
Spectre blanc, et lever les spectres noirs des toits.

VI

Elle passa sa nuit sainte dans les latrines.
Vers la chandelle, aux trous du toit coulait l'air blanc,
Et quelque vigne folle aux noirceurs purpurines,
En deçà d'une cour voisine s'écroulant.

La lucarne faisait un cœur de lueur vive
Dans la cour où les cieux bas plaquaient d'ors vermeils
Les vitres ; les pavés puant l'eau de lessive
Soufraient l'ombre des murs bondés de noirs sommeils.
. . . .

VII

Qui dira ces langueurs et ces pitiés immondes,
Et ce qu'il lui viendra de haine, ô sales fous
Dont le travail divin déforme encor les mondes,
Quand la lèpre à la fin mangera ce corps doux ?
....

VIII

Et quand, ayant rentré tous ses nœuds d'hystéries,
Elle verra, sous les tristesses du bonheur,
L'amant rêver au blanc million des Maries,
Au matin de la nuit d'amour, avec douleur :

« Sais-tu que je t'ai fait mourir ? J'ai pris ta bouche,
Ton cœur, tout ce qu'on a, tout ce que vous avez ;
Et moi, je suis malade : Oh ! je veux qu'on me couche
Parmi les Morts des eaux nocturnes abreuvés !

« J'étais bien jeune, et Christ a souillé mes haleines.
Il me bonda jusqu'à la gorge de dégoûts !
Tu baisais mes cheveux profonds comme les laines
Et je me laissais faire... ah ! va, c'est bon pour vous,

« Hommes ! qui songez peu que la plus amoureuse
Est, sous sa conscience aux ignobles terreurs,
La plus prostituée et la plus douloureuse,
Et que tous nos élans vers vous sont des erreurs !

« Car ma Communion première est bien passée.
Tes baisers, je ne puis jamais les avoir sus :
Et mon cœur et ma chair par ta chair embrassée
Fourmillent du baiser putride de Jésus ! »

IX

Alors l'âme pourrie et l'âme désolée
Sentiront ruisseler tes malédictions.
– Ils auront couché sur ta Haine inviolée,
Échappés, pour la mort, des justes passions.

Christ ! ô Christ, éternel voleur des énergies,
Dieu qui pour deux mille ans vouas à ta pâleur,
Cloués au sol, de honte et de céphalalgies,
Ou renversés, les fronts des femmes de douleur.

Juillet 1871

LES CHERCHEUSES DE POUX

Quand le front de l'enfant, plein de rouges tourmentes,
Implore l'essaim blanc des rêves indistincts,
Il vient près de son lit deux grandes sœurs charmantes
Avec de frêles doigts aux ongles argentins.

Elles assoient l'enfant devant une croisée
Grande ouverte où l'air bleu baigne un fouillis de fleurs,
Et dans ses lourds cheveux où tombe la rosée
Promènent leurs doigts fins, terribles et charmeurs.

Il écoute chanter leurs haleines craintives
Qui fleurent de longs miels végétaux et rosés,
Et qu'interrompt parfois un sifflement, salives
Reprises sur la lèvre ou désirs de baisers.

Il entend leurs cils noirs battant sous les silences
Parfumés ; et leurs doigts électriques et doux
Font crépiter parmi ses grises indolences
Sous leurs ongles royaux la mort des petits poux.

Voilà que monte en lui le vin de la Paresse,
Soupir d'harmonica qui pourrait délirer ;
L'enfant se sent, selon la lenteur des caresses,
Sourdre et mourir sans cesse un désir de pleurer.

Qu'est-ce pour nous, mon cœur, que les nappes de sang
Et de braise, et mille meurtres, et les longs cris
De rage, sanglots de tout enfer renversant
Tout ordre ; et l'Aquilon encor sur les débris

Et toute vengeance ? Rien !... – Mais si, tout encor,
Nous la voulons ! Industriels, princes, sénats,
Périssez ! puissance, justice, histoire, à bas !
Ça nous est dû. Le sang ! le sang ! la flamme d'or !

Tout à la guerre, à la vengeance, à la terreur,
Mon Esprit ! Tournons dans la Morsure : Ah ! passez,
Républiques de ce monde ! Des empereurs,
Des régiments, des colons, des peuples, assez !

Qui remuerait les tourbillons de feu furieux,
Que nous et ceux que nous nous imaginons frères ?
À nous ! Romanesques amis : ça va nous plaire.
Jamais nous ne travaillerons, ô flots de feux !

Europe, Asie, Amérique, disparaissez.
Notre marche vengeresse a tout occupé,
Cités et campagnes ! – Nous serons écrasés !
Les volcans sauteront ! et l'océan frappé...

Oh ! mes amis ! – mon cœur, c'est sûr, ils sont des frères :
Noirs inconnus, si nous allions ! allons ! allons !
Ô malheur ! je me sens frémir, la vieille terre,
Sur moi de plus en plus à vous ! la terre fond,

Ce n'est rien ! j'y suis ! j'y suis toujours.

LARME

Loin des oiseaux, des troupeaux, des villageoises,
Je buvais, accroupi dans quelque bruyère
Entourée de tendres bois de noisetiers,
Par un brouillard d'après-midi tiède et vert.

Que pouvais-je boire dans cette jeune Oise,
Ormeaux sans voix, gazon sans fleurs, ciel couvert.
Que tirais-je à la gourde de colocase ?
Quelque liqueur d'or, fade et qui fait suer.

Tel, j'eusse été mauvaise enseigne d'auberge.
Puis l'orage changea le ciel, jusqu'au soir.
Ce furent des pays noirs, des lacs, des perches,
Des colonnades sous la nuit bleue, des gares.

L'eau des bois se perdait sur des sables vierges.
Le vent, du ciel, jetait des glaçons aux mares...
Or ! tel qu'un pêcheur d'or ou de coquillages,
Dire que je n'ai pas eu souci de boire !

Mai 1872

LA RIVIÈRE DE CASSIS

La Rivière de Cassis roule ignorée
        En des vaux étranges :
La voix de cent corbeaux l'accompagne, vraie
        Et bonne voix d'anges :
Avec les grands mouvements des sapinaies
        Quand plusieurs vents plongent.

Tout roule avec des mystères révoltants
        De campagnes d'anciens temps ;
De donjons visités, de parcs importants :
        C'est en ces bords qu'on entend
Les passions mortes des chevaliers errants :
        Mais que salubre est le vent !

Que le piéton regarde à ces claire-voies :
Il ira plus courageux.
Soldats des forêts que le Seigneur envoie,
Chers corbeaux délicieux !
Faites fuir d'ici le paysan matois
Qui trinque d'un moignon vieux.

Mai 1872

COMÉDIE DE LA SOIF

1. LES PARENTS

Nous sommes tes Grands-Parents,
Les Grands !
Couverts des froides sueurs
De la lune et des verdures.
Nos vins secs avaient du cœur !
Au soleil sans imposture
Que faut-il à l'homme ? boire.

MOI. – Mourir aux fleuves barbares.

Nous sommes tes Grands-Parents
Des champs.
L'eau est au fond des osiers :
Vois le courant du fossé
Autour du château mouillé.
Descendons en nos celliers ;
Après, le cidre et le lait.

MOI. – Aller où boivent les vaches.

Nous sommes tes Grands-Parents ;
Tiens, prends
Les liqueurs dans nos armoires ;
Le Thé, le Café, si rares,
Frémissent dans les bouilloires.

– Vois les images, les fleurs.
Nous rentrons du cimetière.

MOI. – Ah ! tarir toutes les urnes !

2. L'ESPRIT

Éternelles Ondines
        Divisez l'eau fine.
Vénus, sœur de l'azur,
        Émeus le flot pur.

Juifs errants de Norwège
        Dites-moi la neige.
Anciens exilés chers,
        Dites-moi la mer.

MOI. – Non, plus ces boissons pures,
        Ces fleurs d'eau pour verres ;
Légendes ni figures
        Ne me désaltèrent ;

Chansonnier, ta filleule
        C'est ma soif si folle
Hydre intime sans gueules
        Qui mine et désole.

3. LES AMIS

Viens, les vins vont aux plages,
Et les flots par millions !
Vois le Bitter sauvage
Rouler du haut des monts !

Gagnons, pèlerins sages,
L'absinthe aux verts piliers...

MOI. – Plus ces paysages.
Qu'est l'ivresse, Amis ?

J'aime autant, mieux, même,
Pourrir dans l'étang,
Sous l'affreuse crème,
Près des bois flottants.

4. LE PAUVRE SONGE

Peut-être un Soir m'attend
Où je boirai tranquille
En quelque vieille Ville,
Et mourrai plus content :
Puisque je suis patient !

Si mon mal se résigne,
Si j'ai jamais quelque or,
Choisirai-je le Nord
Ou le Pays des Vignes ?...
– Ah ! songer est indigne

Puisque c'est pure perte !
Et si je redeviens
Le voyageur ancien,
Jamais l'auberge verte
Ne peut bien m'être ouverte.

5. CONCLUSION

Les pigeons qui tremblent dans la prairie,
Le gibier, qui court et qui voit la nuit,
Les bêtes des eaux, la bête asservie,
Les derniers papillons !... ont soif aussi.

Mais fondre où fond ce nuage sans guide,
– Oh ! favorisé de ce qui est frais !
Expirer en ces violettes humides
Dont les aurores chargent ces forêts ?

Mai 1872

BONNE PENSÉE DU MATIN

À quatre heures du matin, l'été,
Le sommeil d'amour dure encore.
Sous les bosquets l'aube évapore
L'odeur du soir fêté.

Mais là-bas dans l'immense chantier
Vers le soleil des Hespérides,
En bras de chemise, les charpentiers
Déjà s'agitent.

Dans leur désert de mousse, tranquilles,
Ils préparent les lambris précieux
Où la richesse de la ville
Rira sous de faux cieux.

Ah ! pour ces Ouvriers, charmants
Sujets d'un roi de Babylone,
Vénus ! laisse un peu les Amants
Dont l'âme est en couronne.

Ô Reine des Bergers !
Porte aux travailleurs l'eau-de-vie,
Pour que leurs forces soient en paix
En attendant le bain dans la mer, à midi.

Mai 1872

FÊTES DE LA PATIENCE

1. BANNIÈRES DE MAI.
2. CHANSON DE LA PLUS HAUTE TOUR.
3. L'ÉTERNITÉ.
4. ÂGE D'OR.

BANNIÈRES DE MAI

Aux branches claires des tilleuls
Meurt un maladif hallali.
Mais des chansons spirituelles
Voltigent parmi les groseilles.
Que notre sang rie en nos veines,
Voici s'enchevêtrer les vignes.
Le ciel est joli comme un ange.
L'azur et l'onde communient.
Je sors. Si un rayon me blesse
Je succomberai sur la mousse.

Qu'on patiente et qu'on s'ennuie
C'est trop simple. Fi de mes peines.
Je veux que l'été dramatique
Me lie à son char de fortune.
Que par toi beaucoup, ô Nature,
– Ah moins seul et moins nul ! – je meure.
Au lieu que les Bergers, c'est drôle,
Meurent à peu près par le monde.

Je veux bien que les saisons m'usent.
À toi, Nature, je me rends ;
Et ma faim et toute ma soif.
Et, s'il te plaît, nourris, abreuve.
Rien de rien ne m'illusionne ;
C'est rire aux parents, qu'au soleil,
Mais moi je ne veux rire à rien ;
Et libre soit cette infortune.

Mai 1872

CHANSON DE LA PLUS HAUTE TOUR

Oisive jeunesse
À tout asservie,
Par délicatesse
J'ai perdu ma vie.
Ah ! Que le temps vienne
Où les cœurs s'éprennent.

Je me suis dit : laisse,
Et qu'on ne te voie :
Et sans la promesse
De plus hautes joies.
Que rien ne t'arrête
Auguste retraite.

J'ai tant fait patience
Qu'à jamais j'oublie ;
Craintes et souffrances
Aux cieux sont parties.
Et la soif malsaine
Obscurcit mes veines.

Ainsi la Prairie
À l'oubli livrée,
Grandie, et fleurie
D'encens et d'ivraies
Au bourdon farouche
De cent sales mouches.

Ah ! Mille veuvages
De la si pauvre âme
Qui n'a que l'image
De la Notre-Dame !
Est-ce que l'on prie
La Vierge Marie ?

Oisive jeunesse
À tout asservie,
Par délicatesse

J'ai perdu ma vie.
Ah ! Que le temps vienne
Où les cœurs s'éprennent !

Mai 1872

L'ÉTERNITÉ

Elle est retrouvée.
Quoi ? – L'Éternité.
C'est la mer allée
Avec le soleil.

Âme sentinelle,
Murmurons l'aveu
De la nuit si nulle
Et du jour en feu.

Des humains suffrages,
Des communs élans
Là tu te dégages
Et voles selon.

Puisque de vous seules,
Braises de satin,
Le Devoir s'exhale
Sans qu'on dise : enfin.

Là pas d'espérance,
Nul orietur.
Science avec patience,
Le supplice est sûr.

Elle est retrouvée.
Quoi ? – L'Éternité.
C'est la mer allée
Avec le soleil.

Mai 1872

ÂGE D'OR

Quelqu'une des voix
Toujours angélique
– Il s'agit de moi, –
Vertement s'explique :

Ces mille questions
Qui se ramifient
N'amènent, au fond,
Qu'ivresse et folie ;

Reconnais ce tour
Si gai, si facile :
Ce n'est qu'onde, flore,
Et c'est ta famille !

Puis elle chante. Ô
Si gai, si facile,
Et visible à l'œil nu...
– Je chante avec elle, –

Reconnais ce tour
Si gai, si facile,
Ce n'est qu'onde, flore,
Et c'est ta famille !... etc...

Et puis une voix
– Est-elle angélique ! –
Il s'agit de moi,
Vertement s'explique ;

Et chante à l'instant
En sœur des haleines :
D'un ton Allemand,
Mais ardente et pleine :

Le monde est vicieux ;
Si cela t'étonne !
Vis et laisse au feu
L'obscure infortune.

Ô ! joli château !
Que ta vie est claire !
De quel Âge es-tu,
Nature princière
De notre grand frère ! etc...

Je chante aussi, moi :
Multiples sœurs ! voix
Pas du tout publiques !
Environnez-moi
De gloire pudique... etc...

Juin 1872

JEUNE MÉNAGE

La chambre est ouverte au ciel bleu-turquin ;
Pas de place : des coffrets et des huches !
Dehors le mur est plein d'aristoloches
Où vibrent les gencives des lutins.

Que ce sont bien intrigues de génies
Cette dépense et ces désordres vains !
C'est la fée africaine qui fournit
La mûre, et les résilles dans les coins.

Plusieurs entrent, marraines mécontentes,
En pans de lumière dans les buffets,
Puis y restent ! le ménage s'absente
Peu sérieusement, et rien ne se fait.

Le marié a le vent qui le floue
Pendant son absence, ici, tout le temps.
Même des esprits des eaux, malfaisants
Entrent vaguer aux sphères de l'alcôve.

La nuit, l'amie oh ! la lune de miel
Cueillera leur sourire et remplira
De mille bandeaux de cuivre le ciel.
Puis ils auront affaire au malin rat.

– S'il n'arrive pas un feu follet blême,
Comme un coup de fusil, après des vêpres.
– Ô spectres saints et blancs de Bethléem,
Charmez plutôt le bleu de leur fenêtre !

27 juin 1872

BRUXELLES

Juillet
Boulevard du Régent.

Plates-bandes d'amarantes jusqu'à
L'agréable palais de Jupiter.
– Je sais que c'est Toi, qui, dans ces lieux,
Mêles ton Bleu presque de Sahara !

Puis, comme rose et sapin du soleil
Et liane ont ici leurs jeux enclos,
Cage de la petite veuve !...
Quelles
Troupes d'oiseaux ! ô iaio, iaio !...

– Calmes maisons, anciennes passions !
Kiosque de la Folle par affection.
Après les fesses des rosiers, balcon
Ombreux et très-bas de la Juliette.

– La Juliette, ça rappelle l'Henriette,
Charmante station du chemin de fer
Au cœur d'un mont comme au fond d'un verger
Où mille diables bleus dansent dans l'air !

Banc vert où chante au paradis d'orage,
Sur la guitare, la blanche Irlandaise.
Puis de la salle à manger guyanaise
Bavardage des enfants et des cages.

Fenêtre du duc qui fais que je pense
Au poison des escargots et du buis
Qui dort ici-bas au soleil.
Et puis
C'est trop beau ! trop ! Gardons notre silence.

– Boulevard sans mouvement ni commerce,
Muet, tout drame et toute comédie,
Réunion des scènes infinie,
Je te connais et t'admire en silence.

☆

Est-elle almée ?... aux premières heures bleues
Se détruira-t-elle comme les fleurs feues...
Devant la splendide étendue où l'on sente
Souffler la ville énormément florissante !

C'est trop beau ! c'est trop beau ! mais c'est nécessaire
– Pour la Pêcheuse et la chanson du Corsaire,
Et aussi puisque les derniers masques crurent
Encore aux fêtes de nuit sur la mer pure !

Juillet 1872

FÊTES DE LA FAIM

Ma faim, Anne, Anne,
Fuis sur ton âne.

Si j'ai du *goût*, ce n'est guères
Que pour la terre et les pierres.
Dinn ! dinn ! dinn ! dinn ! Je pais l'air,
Le roc, les Terres, le fer.

Tournez, les faims, paissez, faims,
Le pré des sons !
L'aimable et vibrant venin
Des liserons ;

Les cailloux qu'un pauvre brise,
Les vieilles pierres d'églises,
Les galets, fils des déluges,
Pains couchés aux vallées grises !

Mes faims, c'est les bouts d'air noir ;
L'azur sonneur ;
– C'est l'estomac qui me tire.
C'est le malheur.

Sur terre ont paru les feuilles :
Je vais aux chairs de fruit blettes.
Au sein du sillon je cueille
La doucette et la violette.

Ma faim, Anne, Anne !
Fuis sur ton âne.

☆

Entends comme brame
près des acacias
en avril la rame
viride du pois !

Dans sa vapeur nette,
vers Phœbé ! tu vois
s'agiter la tête
de saints d'autrefois...

Loin des claires meules
des caps, des beaux toits,
ces chers Anciens veulent
ce philtre sournois...

Or ni fériale
ni astrale ! n'est
la brume qu'exhale
ce nocturne effet.

Néanmoins ils restent,
– Sicile, Allemagne,
dans ce brouillard triste
et blêmi, justement !

MICHEL ET CHRISTINE

Zut alors si le soleil quitte ces bords !
Fuis, clair déluge ! Voici l'ombre des routes.
Dans les saules, dans la vieille cour d'honneur
L'orage d'abord jette ses larges gouttes.

Ô cent agneaux, de l'idylle soldats blonds,
Des aqueducs, des bruyères amaigries,
Fuyez ! plaine, déserts, prairie, horizons
Sont à la toilette rouge de l'orage !

Chien noir, brun pasteur dont le manteau s'engouffre,
Fuyez l'heure des éclairs supérieurs ;
Blond troupeau, quand voici nager ombre et soufre,
Tâchez de descendre à des retraits meilleurs.

Mais moi, Seigneur ! voici que mon Esprit vole,
Après les cieux glacés de rouge, sous les
Nuages célestes qui courent et volent
Sur cent Solognes longues comme un railway.

Voilà mille loups, mille graines sauvages
Qu'emporte, non sans aimer les liserons,
Cette religieuse après-midi d'orage
Sur l'Europe ancienne où cent hordes iront !

Après, le clair de lune ! partout la lande,
Rougis et leurs fronts aux cieux noirs, les guerriers
Chevauchent lentement leurs pâles coursiers !
Les cailloux sonnent sous cette fière bande !

– Et verrai-je le bois jaune et le val clair,
L'Épouse aux yeux bleus, l'homme au front rouge,
[– ô Gaule,
Et le blanc agneau Pascal, à leurs pieds chers,
– Michel et Christine, – et Christ ! – fin de l'Idylle.

HONTE

Tant que la lame n'aura
Pas coupé cette cervelle,
Ce paquet blanc, vert et gras
À vapeur jamais nouvelle,

(Ah ! Lui, devrait couper son
Nez, sa lèvre, ses oreilles,
Son ventre ! et faire abandon
De ses jambes ! ô merveille !)

Mais, non, vrai, je crois que tant
Que pour sa tête la lame
Que les cailloux pour son flanc
Que pour ses boyaux la flamme

N'auront pas agi, l'enfant
Gêneur, la si sotte bête,
Ne doit cesser un instant
De ruser et d'être traître

Comme un chat des Monts-Rocheux ;
D'empuantir toutes sphères !
Qu'à sa mort pourtant, ô mon Dieu !
S'élève quelque prière !

MÉMOIRE

I

L'eau claire ; comme le sel des larmes d'enfance,
L'assaut au soleil des blancheurs des corps de femmes ;
la soie, en foule et de lys pur, des oriflammes
sous les murs dont quelque pucelle eut la défense ;

l'ébat des anges ; – Non... le courant d'or en marche,
meut ses bras, noirs, et lourds, et frais surtout, d'herbe. Elle
sombre, ayant le Ciel bleu pour ciel-de-lit, appelle
pour rideaux l'ombre de la colline et de l'arche.

II

Eh ! l'humide carreau tend ses bouillons limpides !
L'eau meuble d'or pâle et sans fond les couches prêtes.
Les robes vertes et déteintes des fillettes
font les saules, d'où sautent les oiseaux sans brides.

Plus pure qu'un louis, jaune et chaude paupière
le souci d'eau – ta foi conjugale, ô l'Épouse ! –
au midi prompt, de son terne miroir, jalouse
au ciel gris de chaleur la Sphère rose et chère.

III

Madame se tient trop debout dans la prairie
prochaine où neigent les fils du travail ; l'ombrelle
aux doigts ; foulant l'ombelle ; trop fière pour elle ;
des enfants lisant dans la verdure fleurie

leur livre de maroquin rouge ! Hélas, Lui, comme
mille anges blancs qui se séparent sur la route,
s'éloigne par delà la montagne ! Elle, toute
froide, et noire, court ! après le départ de l'homme !

IV

Regret des bras épais et jeunes d'herbe pure !
Or des lunes d'avril au cœur du saint lit ! Joie
des chantiers riverains à l'abandon, en proie
aux soirs d'août qui faisaient germer ces pourritures !

Qu'elle pleure à présent sous les remparts ! l'haleine
des peupliers d'en haut est pour la seule brise.
Puis, c'est la nappe, sans reflets, sans source, grise :
un vieux, dragueur, dans sa barque immobile, peine.

V

Jouet de cet œil d'eau morne, je n'y puis prendre,
ô canot immobile ! oh ! bras trop courts ! ni l'une
ni l'autre fleur : ni la jaune qui m'importune,
là ; ni la bleue, amie à l'eau couleur de cendre.

Ah ! la poudre des saules qu'une aile secoue !
Les roses des roseaux dès longtemps dévorées !
Mon canot, toujours fixe ; et sa chaîne tirée
Au fond de cet œil d'eau sans bords, – à quelle boue ?

☆

Ô saisons, ô châteaux,
Quelle âme est sans défauts ?

Ô saisons, ô châteaux,

J'ai fait la magique étude
Du Bonheur, que nul n'élude.

Ô vive lui, chaque fois
Que chante son coq gaulois.

Mais ! je n'aurai plus d'envie,
Il s'est chargé de ma vie.

Ce Charme ! il prit âme et corps,
Et dispersa tous efforts.

Que comprendre à ma parole ?
Il fait qu'elle fuie et vole !

Ô saisons, ô châteaux !

[Et, si le malheur m'entraîne,
Sa disgrâce m'est certaine.

Il faut que son dédain, las !
Me livre au plus prompt trépas !

– Ô Saisons, ô Châteaux !]

TABLE

CATALOGUE LIBRIO (extraits)

LITTÉRATURE

Hans-Christian Andersen
La petite sirène et autres contes - n° 682

Anonyme
Tristan et Iseut - n° 357
Roman de Renart - n° 576
Amour, désir, jalousie - n° 617
Pouvoir, ambition, succès - n° 657
Les Mille et Une Nuits :
Sindbad le marin - n° 147
Aladdin ou la lampe merveilleuse - n° 191
Ali Baba et les quarante voleurs *suivi de* Histoire du cheval enchanté - n° 298

Fernando Arrabal
Lettre à Fidel Castro - n° 656

Boyer d'Argens
Thérèse philosophe - n° 422

Isaac Asimov
La pierre parlante *et autres nouvelles* - n° 129

Richard Bach
Jonathan Livingston le goéland - n° 2
Le messie récalcitrant (Illusions) - n° 315

Honoré de Balzac
Le colonel Chabert - n° 28
Ferragus, chef des Dévorants - n° 226
La vendetta *suivi de* La bourse - n° 302

Jules Barbey d'Aurevilly
Le bonheur dans le crime *suivi de* La vengeance d'une femme - n° 196

René Barjavel
Béni soit l'atome *et autres nouvelles* - n° 261

James M. Barrie
Peter Pan - n° 591

Frank L. Baum
Le magicien d'Oz - n° 592

Nina Berberova
L'accompagnatrice - n° 198

Bernardin de Saint-Pierre
Paul et Virginie - n° 65

Patrick Besson
Lettre à un ami perdu - n° 218
28, boulevard Aristide-Briand *suivi de* Vacances en Botnie - n° 605

Pierre Bordage
Les derniers hommes :
1. Le peuple de l'eau - n° 332
2. Le cinquième ange - n° 333
3. Les légions de l'Apocalypse - n° 334
4. Les chemins du secret - n° 335
5. Les douze tribus - n° 336
6. Le dernier jugement - n° 337
Nuits-lumière - n° 564

Ray Bradbury
Celui qui attend *et autres nouvelles* - n° 59

Lewis Carroll
Les aventures d'Alice au pays des merveilles - n° 389
Alice à travers le miroir - n° 507

Jacques Cazotte
Le diable amoureux - n° 20

Adelbert de Chamisso
L'étrange histoire de Peter Schlemihl - n° 615

Andrée Chedid
Le sixième jour - n° 47
L'enfant multiple - n° 107
L'autre - n° 203
L'artiste *et autres nouvelles* - n° 281
La maison sans racines - n° 350

Arthur C. Clarke
Les neuf milliards de noms de Dieu *et autres nouvelles* - n° 145

John Cleland
Fanny Hill, la fille de joie - n° 423

Colette
Le blé en herbe - n° 7

Joseph Conrad
Typhon - n° 718

Benjamin Constant
Adolphe - n° 489

Savinien de Cyrano de Bergerac
Lettres d'amour et d'humeur - n° 630

Maurice G. Dantec
Dieu porte-t-il des lunettes noires ? *et autres nouvelles* - n° 613

Alphonse Daudet
Lettres de mon moulin - n° 12
Tartarin de Tarascon - n° 164

Philippe Delerm
L'envol *suivi de* Panier de fruits - n° 280

Virginie Despentes
Mordre au travers - n° 308
(pour lecteurs avertis)

Philip K. Dick
Les braconniers du cosmos *et autres nouvelles* - n° 92

Denis Diderot
Le neveu de Rameau - n° 61
La religieuse - n° 311

Fiodor Dostoïevski
L'éternel mari - n° 112
Le joueur - n° 155

Alexandre Dumas
La femme au collier de velours - n° 58

Francis Scott Fitzgerald
Le pirate de haute mer
et autres nouvelles - n° 636

Gustave Flaubert
Trois contes - n° 45
Passion et vertu
et autres textes de jeunesse - n° 556

Cyrille Fleischman
Retour au métro Saint-Paul - n° 482

Théophile Gautier
Le roman de la momie - n° 81
La morte amoureuse *suivi de*
Une nuit de Cléopâtre - n° 263

J.W. von Goethe
Faust - n° 82

Nicolas Gogol
Le journal d'un fou *suivi de* Le portrait *et de* La perspective Nevsky - n° 120
Le manteau *suivi de* Le nez - n° 691

Jacob Grimm
Blanche-Neige *et autres contes* - n° 248

Pavel Hak
Sniper - n° 648

Éric Holder
On dirait une actrice
et autres nouvelles - n° 183

Homère
L'Odyssée *(extraits)* - n° 300
L'Iliade *(extraits)* - n° 587

Michel Houellebecq
Rester vivant *et autres textes* - n° 274
Lanzarote *et autres textes* - n° 519
(pour lecteurs avertis)

Victor Hugo
Le dernier jour d'un condamné - n° 70
La légende des siècles
(extraits) - n° 341

Henry James
Le tour d'écrou - n° 200

Franz Kafka
La métamorphose *suivi de* Dans la colonie pénitentiaire - n° 3

Stephen King
Le singe *suivi de* Le chenal - n° 4
La ballade de la balle élastique *suivi de* L'homme qui refusait de serrer la main - n° 46
Danse macabre :
Celui qui garde le ver
et autres nouvelles - n° 193
Cours, Jimmy, cours
et autres nouvelles - n° 214
L'homme qu'il vous faut
et autres nouvelles - n° 233
Les enfants du maïs
et autres nouvelles - n° 249

Rudyard Kipling
Les frères de Mowgli
et autres nouvelles de la jungle - n° 717

Madame de La Fayette
La princesse de Clèves - n° 57

Jean de La Fontaine
Contes libertins - n° 622

Jack London
Croc-Blanc - n° 347

Howard P. Lovecraft
Les autres dieux
et autres nouvelles - n° 68

Marco Polo
Le Livre des merveilles du monde - n° 727

Richard Matheson
La maison enragée *et autres nouvelles fantastiques* - n° 355

Guy de Maupassant
Le Horla - n° 1
Boule de Suif
et autres nouvelles - n° 27
Une partie de campagne
et autres nouvelles - n° 29
Une vie - n° 109
Pierre et Jean - n° 151
Contes noirs - *La petite Roque*
et autres nouvelles - n° 217
Le Dr Héraclius Gloss
et autres histoires de fous - n° 282
Miss Harriet *et autres nouvelles* - n° 318

Prosper Mérimée
Carmen *suivi de* Les âmes du purgatoire - n° 13
Mateo Falcone *et autres nouvelles* - n° 98
Colomba - n° 167 (...)

Librio

18

Achevé d'imprimer en Allemagne (Pössneck) par GGP
en octobre 2005 pour le compte de E.J.L.
87, quai Panhard-et-Levassor, 75013 Paris
Dépôt légal octobre 2005
1er dépôt légal dans la collection : avril 1994
Diffusion France et étranger : Flammarion